新しい韓国の文学

15

少年が来る

ハン・ガン＝著

井手俊作＝訳

もくじ

The『少年が来る』is published under the support of
Literature Translation Institute of Korea (LTI Korea).

少年が来る

一章　幼い鳥

雨が降りそうだ。

君は声に出してつぶやく。

ほんとに雨が降ってきたらどうしよう。

君は目を細めて道庁前[*1]の銀杏《いちょう》の木を見つめる。揺れる枝の間から、風の形が出し抜けに現れるかのように。空気の隙間に隠れていた雨粒が一斉にはじけ出て、透明な宝石さながら宙に浮いてきらめくかのように。

君は目を大きく見開いてみる。少し前に細目にしたときよりも木々の輪郭がぼやけて見える。そのうち眼鏡を作らなくちゃいけないかな。栗色の角張ったプラスチック縁の眼鏡を掛けた、下の兄さんの不機嫌そうな顔が浮かんだけれど、噴水台の方から聞こえてくる喚声と拍手の音に埋もれてその顔がかすむ。夏になると眼鏡がしょっちゅう小鼻にずり落ちるって、冬には部屋に入るたびにレンズが曇って何も見えなくなるって下の兄さんが言っていたのに。これ以上目が悪くならずに、眼鏡を掛けずに済ませられないものかな。

俺が怒鳴る前に言う通りにしろ。すぐ家に帰るんだ。

ひどく怒っていた下の兄さんの声を払いのけようと、君は首を振る。マイクを手にした若い女性の甲高い声が、噴水台前のスピーカーから響いてくる。君が腰を下ろした尚武館《サンムグァン》[*2]入り口の階段からだと噴水台が見えない。せめて遠くからでも追悼式を見るには、建物の右側に回らなくてはならない。あえてそうせずに、君は女性の声に耳を傾ける。

皆さん、赤十字病院に安置されていた、愛するわが市民たちが今ここにやって来ています。女性のリードで愛国歌[*3]の斉唱が始まる。数千人の声が、高さ数千メートルの塔のように幾重にも積み重なって女性の声を覆ってしまう。ひどく重々しく上昇した後に絶頂から決然と吹き下りるそのメロディーを、君も低い声でなぞって歌う。

今日、赤十字病院からいったい何人くらいの人が運ばれてくるんですか。朝、君がそう聞いたらチンス兄さんは短く答えた。三十人ぐらいだろう。あの重たい歌のリフレーンが、はるか高くそびえる塔のように積み重なって再び吹き下りてくる間、三十の柩《ひつぎ》が順にトラックから降ろされるのだ。朝のうちに君が兄さんたちと一緒に、尚武館から噴水台の前まで運んでおいた二十八の柩の横にずらっと並べられるのだ。

尚武館にある八十三の柩のうち、まだ合同追悼式を終えていないのは全部で二十六だったけれど、昨日の夕方、二組の家族が現れて遺体を確認し、急いで納棺して二十八になった。君はノートに彼らの名前と柩の番号を連ね書きしてから、長いかっこでくくって〈合同追悼式3〉と記した。次の追悼式に同じ柩を二度出ししないようにしっかり記録しておかなくてはと、チンス兄さんに言い付けられたからだ。今度こそ君も追悼式に参列したかったけれど、彼は君に尚武館に残れと言った。

離れているうちに誰がやって来るか分からないじゃないか。しっかり守っていろ。

一緒に作業していた兄さんや姉さんは皆、追悼式に行った。柩の前で幾夜かを明かした遺族は左胸に黒のリボンを着け、体の中に砂や布きれを詰め込んだ案山子《かかし》のようにのろのろと柩に付いて出ていった。最後まで残っていたウンスク姉さんは、君が、行っていいよ、早く行っておいでってば、と言うとすぐ八重歯をちらっと見せて笑った。その八重歯のせいで、気まずそうだったり済まなそうだったりして無理に笑うときにも、彼女の表情はどこかいたずらっぽく見えた。

じゃあ、最初の方だけ見てすぐ戻るわね。

一人残った君は、尚武館入り口の階段に腰を下ろした。黒い色のボール紙を両面の表紙にしたノートを膝に載せた。淡い空色のトレーニングパンツ越しに感じられるコンクリートの階段が冷たかった。トレーナーの上に重ね着した教練服*4のボタンをきちんと留めて、ぎゅっと腕を組んだ。

無窮花《ムグンファ》　三千里　華麗な山河

ふと君は歌いやめる。華麗な山河、と繰り返してみると、漢文の時間に覚えた〈麗〉の字が思い浮かぶ。今はちゃんと書く自信がない、目立って画数の多い漢字だ。花がきれいな山河なのかな、花のようにきれいな山河なのかな？　夏になると、庭先で自分の背丈より高く茎を伸ばして咲く立葵《たちあおい》の花がその字に重なる。白い布花のような大きい花びらをぱっと咲かせる長い茎。しっかり思い浮かべたくて目を閉じる。薄目を開けると、道庁前の銀杏の木々は相変わらず風に揺れている。まだ一滴の雨粒も、風の間からはじけ出てはいなかった。

＊

愛国歌を歌い終わっても、柩を並べる作業はまだ済んでいなかったようだ。群衆のざわめきに混じって、誰かの泣き叫ぶ声がかすかに聞こえてくる。時間を稼ぐためか、マイクを手にした女性が今度はアリランを歌おうと言う。

私を見捨てて行かれるお方は
十里[*5]も行けずに足が痛みだす

泣き声が途切れそうになったころ、女性が言う。

先に逝った、いとしい方たちのために黙祷《もくとう》しましょう。数千人のざわめきが一斉にやんだ瞬間、にわかに辺りの静寂をくっきりと感じて君は驚く。一緒に黙祷せずに立ち上がる。ノートを小脇に挟み、半ば開いた尚武館の入り口に向かって階段を上る。ズボンのポケットからマスクを取り出して着ける。

ろうそくをつけたって何にもならないや。

においに耐えながら君は講堂に入る。曇り空のせいで、室内はまるで夕方のようだ。入り口の方には追悼式を終えた柩が整然と集められており、まだ家族が現れなくて納棺できない三十二人の遺体は、白い木綿の布で覆われたまま広い窓の下に横たわっている。飲料の空き瓶に挿したろうそくが、彼らの顔の横で静かに燃えてちびていく。

講堂内の端まで君は歩いていく。隅っこに横たえられた七人の、こころもち長めのその姿を見る。彼らは頭のてっぺんまですっぽり白い木綿の布で覆われており、若い女性や子どもを捜す人たちにだけ顔をちらっと見せている。あまりにもむごい姿だからだ。

その中でも端っこに横たえられている人の状態が最も悪い。初めて君が見たとき、彼女は十代後半か二十代初めの小柄な女性だったけれど、腐敗が進んで膨れ、今では胴回りが大人の男性ほどの大きさになった。娘や妹を捜す人たちに覆った布をめくって見せるたびに、君は体が傷んでいく速度に驚く。女性の額から左目と頬骨と顎《あご》にかけて、また素肌が露わになった左胸と脇腹には、銃剣で数回突かれた刺し傷がある。棍棒で殴られたような右側の頭骨は、ボコッと陥没して脳髄が見える。それらの目立つ傷が真っ先に腐った。上半身に打撲傷を負って痣《あざ》になった部分が次に傷んだ。透明なペディキュアを塗った足の指は、けがなくきれいだったけれど、時間がたつにつれて生姜《しょうが》の塊みたいに太くなり黒ずんだ。脛《すね》をたっぷり覆っていた水玉模様のギャザースカートは、もう膨れ上がった膝を隠しきれない。

君は入り口の方に戻ってくる。机の下に置いたボックスから新しいろうそくを取り出して、隅っこに横たえられている人の所に引き返す。枕元でゆらゆらと燃えているちびたろうそくに、新しいろうそくの木綿の芯を傾ける。火が移るとちびたろうそくの火を息で吹き消し、やけどをしないように用心しいしいガラス瓶から抜き取った後、新しいろうそくを挿し込む。

まだ熱い、ちびたろうそくを片手にしたまま君は腰をかがめている。鼻血が噴き出しそうな死臭を我慢しながら、ろうそくの炎をのぞき込む。においを焼き消してくれるという半透明の外側の炎がゆらゆら燃える。橙《だいだい》色の内側の炎は、目を惑わすように暖かく揺らめいている。その中に小さな心臓や林檎《りんご》の種の形をして揺れている、芯を取り巻く青みがかった炎の核を君は見る。

においに耐えきれなくなって、君は腰を伸ばす。薄暗い室内を見回すと、亡くなった人たちの枕元で揺らめくろうそくの火の一つ一つが、静かな瞳のように君を見守っている。

体が死んだら魂はどこに行くんだろう、ふと君は思う。どれくらい長く、自分の体のそばに残っているのかな。

ほかに取り替えるろうそくがないか、小まめに注意しながら君は入り口の方へ歩く。

生きている人が死んだ人をのぞき込むとき、死んだ人の魂もそばで一緒に自分の顔をのぞき込んでいるんじゃないかな。

講堂から表に出る直前に君は振り返る。魂はどこにも居ない。黙って横たわっている人々とひどい死臭だけだ。

*

最初あの人たちは、尚武館ではなく道庁の住民課窓口の廊下に横たえられていた。襟が広いスピア女子高校の夏服を着た姉さんが、普段着姿の同じ年ぐらいの姉さんと一緒に血の付いた顔をおしぼりで拭い、曲がった腕を何とか伸ばして脇腹にくっつけようと努めている姿を君はぼんやりと見つめた。

どうして来たの？

制服の姉さんが振り返って、マスクを顎まで下げながら君に聞いた。少し飛び出た目が丸くて愛くるしく、おさげにした頭には縮れた細い髪の毛が目立って多かった。その髪は汗に濡れて、額とこめかみにくっついていた。

友達を捜そうと思って。

血なまぐさくて鼻を覆っていた手を下ろしながら、君は答えた。

ここで会う約束なの？

いえ、あの人たちの中に……

じゃあ確かめてごらん。

廊下の壁沿いに横たえられた二十を超す人たちの顔と体を、君は順にのぞき込んだ。確かめるためにはしっかりのぞき込まなくてはいけないのに、長く見ていられずしょっちゅう瞬きをした。

居ないの？

若草色のシャツの袖を肘までまくり上げた姉さんが、腰を伸ばしながら尋ねた。制服の姉さんと同い年くらいだと思ったのに、マスクを下ろした顔を見たら二十代初めのようだった。黄味がかった肌には血の気がなく、首が細くて少し虚弱そうに見えた。でも目元だけはしっかりしているように見えた。声もはっきりしていた。

居ないです。

全大《チョンデ》病院*6と赤十字病院の霊安室は行ってみた？

はい。

君が捜し回っているなんて、友達のご両親は？

父親は居るけど、大田《テジョン》で働いてて、友達とその姉さんの二人が僕の家に間借りしているんです。

市外電話、今日も駄目なんでしょ？

駄目です、何度もかけてみたけど。

だったら友達のお姉さんは？

その姉さんが日曜から戻らなくて、友達と二人で捜し回ったんです。だけど昨日、あそこの前で軍人が銃を撃ったとき、友達が弾に当たったのを地区の人が見たっていうので。

制服の姉さんが、振り向かずに話に加わった。

もしかしたら、けがして入院しているんじゃないの？

首を振って君は答えた。

だったら何とかして電話をくれるはずだけど。僕の家族が心配しているって分かっているはずなのに。

若草色のシャツの姉さんが言った。

だったらあと何日かここに来てごらん。これから先は全部の遺体がここに運ばれてくるんだって。銃で撃たれた人がとても多くて、病院の霊安室にはもう置き場がないんだって。

銃剣で喉を切られて赤い喉ちんこが露わになった若い男性の顔を、制服の姉さんがおしぼりで拭った。見開いたままの遺体の両目に手のひらを当てて力を込めて閉じさせてから、おしぼりをバケツの水で洗ってぎゅっと絞った。血に染まった水が、ぱらぱらとバケツの外に飛び散った。若草色のシャツの姉さんが、バケツを持って立ち上がりながら言った。

君、時間があったら今日だけ私たちの手伝いをしてくれない？　手がひどく足りないのよ。難しいことじゃなくて……あそこに用意している布を切って、あそこの人たちにかぶせてあげればいいの。君みたいに家族を捜しにきた人がいたら、一人ずつその布をめくって見せてあげるの。顔がひどく傷んでいて、服と体も見なければ誰だか確かめられないのよ。

その日から君は、彼女たちのチームの一員になった。ウンスク姉さんは思った通り、スピア女子高校の三年生だった。若草色のシャツの袖をまくり上げたソンジュ姉さんは、忠壮路《チュンジャンノ》にあるブティックの裁縫師だけど、店の主人夫婦が大学生の息子を連れて霊岩《ヨンアム》の親戚の家に避難したあおりで、急に仕事がなくなったそうだ。輸血用の血液が足りずに人々が亡くなっているという街頭放送を耳にした彼女たちは、それぞれ献血をしようと全大の付属病院に行き、市民自治が始まった道庁で人手が足りないと聞いてやって来たところ、成り行きで遺体係になったということだった。

背丈順に席決めが行われる教室で、君はいつも一番前に座る子だった。中学三年生になった三月から変声期に入り、声が少し低くなって背もかなり伸びたけれど、まだ年相応には見えなかった。市民側の状況室からやって来たチンス兄さんは、君を初めて見たとき驚いて問いただした。

おまえ、一年生じゃないのか？　ここでの作業は大変だから、家に帰れ。

チンス兄さんは、深い二重まぶたといい長いまつ毛といい、まるで女の子みたいにきれいな顔のソウルの大学生で、休校令が出たため帰省したという彼に君は答えた。違います、三年生です。僕、平気です。

事実だった。君の仕事はきつくはなかった。ソンジュ姉さんとウンスク姉さんは、ベニヤ板や発泡スチロールの板に前もってビニールを敷いておき、その上に遺体を横たえた。顔と首をおしぼりで拭い、もつれた髪を細いくしで整えた後、においを防ぐため体にビニールを巻き付けた。その間に君は性別と大まかな年齢、服装と靴の種類をノートに記録して番号を付けた。わら半紙の切れ端に同じ番号を書いて胸にピンで留めた後、顔の下の方を白い木綿の布で覆い、姉さんたちと力を合わせて壁の方に押しやって詰めていった。道庁で一番忙しそうに見えるチンス兄さんは、一日に何度もせわしげな足取りで君の所にやって来たけれど、それは君がノートに記した個々の特徴を紙に書いて道庁の正門に貼るためだった。それを直接見たり伝え聞いたりしてやって来た家族に、君は白い布をめくって遺体を見せてあげた。身元確認ができると少し退いて、むせび泣きの時間が過ぎるのを待った。損傷があまりひどく見えないように大まかに整えられた遺体の鼻と耳に遺族が綿を詰め、きれいな服に着替えさせた。このようにざっと遺体を清めて納棺された人たちが、尚武館に移されるまでをノートに記録すること、それが君の仕事だった。

その過程で君が腑に落ちなかったことの一つは、納棺を終えてから略式で行う短い追悼式で、遺族が愛国歌を歌うことだった。柩の上に必ず太極旗[*7]を広げ、紐でぐるぐるとくくり付けているのも変だと感じた。軍人が殺した人々にどうして愛国歌を歌ってあげるのだろうか。どうして太極旗で柩を包むのだろうか。まるで国が彼らを殺したのではないとでも言うみたいに。

慎重に君が聞いたとき、ウンスク姉さんは丸い目をさらに大きく見開いて答えた。

軍人が反乱を起こしたんじゃないの、権力を握ろうとして。君も見たじゃないの。真っ昼間に人々を殴って、突き刺して、それでも足りないみたいに銃で撃ったじゃないの。そうしろって彼らが命令したのよ。そんな彼らを私たちの祖国の人たちだと、どうして呼べるのよ。

質問とは全く違った答えを聞いたように、君は混乱していた。その日の午後にはかなり多くの身元確認ができ、廊下のあちこちで同時に納棺が行われた。すすり泣く声に混じって輪唱のように愛国歌が歌われる間、フレーズとフレーズがぶつかって生じる微妙な不協和音に、君は息を殺して耳を傾けた。そうすれば国とは何なのかを理解できるかのように。

*

姉さんたちと君は翌朝、悪臭がひどい幾体かを住民課の裏庭に出した。新たに運ばれてくる遺体を横たえておく空間がもうなかったからだ。いつものようにせわしげな足取りで、状況室からやって来たチンス兄さんが驚いて尋ねた。

雨が降ってきたらどうするんですか？

遺体だらけで足の踏み場もない通路を当惑した表情で見渡したチンス兄さんに、マスクを外しながらソンジュ姉さんが答えた。

ここは狭すぎてどうしようもないのよ。夕方にまた遺体が運び込まれそうなのに、どうしようかしら。尚武館はどんな具合なの？　そこにはスペースがあるんじゃないの？

一時間もしないうちに、チンス兄さんがよこした四人がやって来た。どこかで見張り番をしてから来たのか肩に銃を掛け、戦闘警察部隊[*8]が捨てていったヘルメットをかぶっていた。裏庭と通路に横たえられた遺体を彼らがトラックに載せている間、君と姉さんたちは備品を用意した。最初に出発したトラックに付いて尚武館の方へゆっくり歩いた。うららかな午前だった。まだ若い銀杏の木の下を通りながら、額の辺りまで垂れた低い枝を、君は何げなくつかんでから離した。

先頭に立って歩いていったウンスク姉さんが最初に尚武館に入った。君がその後に付いて入ったとき、彼女は黒ずんだ血でまだらに染まった軍手を握りしめたまま、講堂を埋めた柩を見渡していた。後に付いてきたソンジュ姉さんが君の前に一歩近づき、肩にかかった髪をハンカチでぎゅっと結いながら言った。

あそこではずっと送り出してばかりだったから分からなかったけど……一カ所に集めたらほんとに多いわ。

膝を突き合わせて座っている遺族を君は見た。彼らが寄り添っている柩の上には額縁に入れられた遺影があった。ファンタの瓶が二本、枕元に並べて置かれている柩もあった。ガラス瓶の一つには一束の白い野の花が、もう一つにはろうそくが挿されていた。

その日の夕方、君がチンス兄さんにろうそくを一箱手に入れてくれないだろうかと言うと、彼は快くうなずきながら応じた。

ああ、ろうそくをつけたらにおいがなくなるんだよな。

木綿の布地でも木棺でもわら半紙でも太極旗でも、必要な品物を頼むと、彼は手帳にメモして一日以内に買ってきてくれた。毎朝、大仁《テイン》市場や良洞《ヤンドン》市場で買い物をし、そこで買えなかったものは市内の木材加工所と葬儀社、反物店を回って買うのだと、彼はソンジュ姉さんに言っていた。集会での寄金がまだたくさん残っている上、道庁から来たと言えば安くしてくれたり、そのまま持っていけと言ってくれたりする人が多く、大して困難はないのだと言った。今、市内では棺の在庫が底を突き、急きょベニヤ板を入手して木材加工所で組み立てているとも言っていた。

チンス兄さんが五十本入りのろうそく五箱とマッチ箱を置いていった朝、君は道庁の本館と別館を隅から隅まで回りながら、ろうそく台にする飲料の瓶を集めてきた。入り口の机の前に立って、一本ずつろうそくに火をつけてガラス瓶に挿しておくと、それを遺族が持っていって柩の前に置いた。ろうそくの数にはゆとりがあり、遺族が寄り添っていない柩と身元が未確認の遺体の枕元にも漏れなくともすことができた。

*

毎朝、新たな柩が合同焼香所のある尚武館に運ばれてきた。大きな病院で治療中に亡くなった人々の柩だった。汗とも涙ともつかないものが顔に光っている遺族が柩をリヤカーに載せてくると、君は柩の間隔を狭めてスペースを作った。

夕方には、戒厳軍と対立した周辺地域で銃弾に当たった人々が載せられてきた。軍の銃撃で即死したり、緊急治療室に運ばれる途中で絶命したりした人たちだった。亡くなっていくらもたたない人々の姿はあまりにも生々しく、とめどなくあふれ出す半透明の内臓を腹の中に押し込む手を休め、ウンスク姉さんはしばしば講堂の表に飛び出していっては吐いた。鼻血が出やすい体質だというソンジュ姉さんは時々頭を後ろに反らせて、マスクの上から小鼻を押さえたまま講堂の天井を見上げた。

彼女たちに比べると、君の仕事は相変わらず難しくなかった。道庁の住民課でしていたようにノートに日時を記し、亡くなった人の顔の特徴と服装を記録した。木綿の布をあらかじめちょうどいい大きさに切っておき、わら半紙に安全ピンを付けて、すぐ数字を記入できるように準備した。身元が確認できなかった人たちの間隔を随時狭め、柩の間隔もさらに詰めて新たに運び込まれる人たちのための場所を作った。死者の数がかなり多かった夜には隙間をつくる暇も空間もなく、柩をぎゅうぎゅうくっつけておいた。その夜、講堂をぎっしり埋め尽くした死者の姿をふと見渡しながら、まるでここに集結しようと約束し合った群衆のようだと君は思った。叫ぶことも身動きすることも手を取り合うこともしない、ひどい死臭だけを噴き出している群衆の間を、君はノートを小脇に挟んだまま早足で歩き回った。

*

本当に雨が降りそうだよ。

講堂を出て深呼吸しながら君は思う。もっときれいな空気を吸いたくて裏庭に向かって歩いているうち、あまり遠く離れてはいけないという思いに駆られ建物の角で立ち止まる。マイクを手にした若い男性の声が聞こえる。

彼らが命じるままに無条件で武器を返して降伏するわけにはいきません。彼らがまず私たち市民の遺体を返すべきです。引っ張っていった数百人の市民も解放しなくてはなりません。何よりもここで起きたことの真相を全国に明らかにし、私たちの名誉回復を約束させるべきです。しかる後に銃器を返納するのが道理ではないでしょうか、皆さん。

ワァー、と叫びながら拍手する人たちの声がめっきり小さくなったと君は感じる。軍人が撤収した翌日に開かれた集会を君は思い出す。道庁の屋上と時計塔の上にまでぎっしりと人々が上っていた。車の往来がない碁盤目状の街で、建物を除くスペースを数十万の人々が埋め尽くし、ものすごい大波のように揺れていた。数十万層もの塔を空高く積み重ねながら、愛国歌を歌った。数十万個の爆竹をひっきりなしにはじけさせるように拍手をした。昨日の朝、チンス兄さんがソンジュ姉さんと交わしていた会話を君は聞いた。軍人が再び入ってきたら市民を皆殺しにするといううわさが広がっている、恐怖のために集会の規模が急速に小さくなっていると彼は真剣な顔で言った。こんなときこそ我々の数が多かったら、軍人はむやみに入ってくることができないはずなのに……まずい感じですね。柩の数はますます増えるっていうのに、人々はいよいよ表に出なくなっているんですよ。

あまりにも多くの血が流れたではないですか。その血を見なかったふりなどできるはずがありません。先に逝った方たちの魂が、目を見開いて私たちを見守っています。

男性の言葉尻がひび割れている。繰り返される血という単語が何となく胸を重苦しくし、君は再び口を開けて深呼吸をする。

魂には体がないのに、どうやって目を開けて僕たちを見守るんだろう。

先の冬の、母方の祖母の臨終を君は思い浮かべる。軽い風邪から肺炎になり、祖母は半月近く入院した。期末テストが終わった土曜日の午後、君は気軽に母さんと一緒に見舞いに行った。急に祖母の容体が悪化し、母方の叔父夫婦がタクシーで駆け付ける間に、君と母さんの二人で死に水を取った。

幼いころ母方の実家に行くと、君が覚えている限りいつも腰がくの字に曲がっていた祖母は、付いておいで、と静かに言って先に歩いていった。納屋にしている暗い部屋に、君は付いて入っていった。祖母が茶箪笥の戸を開けるのを、祭事用にしまっておいた揚げ菓子と餅菓子を取り出すのを君は知っていた。揚げ菓子をもらって君がにっと笑うと、祖母も目を細めて笑った。温和な性格そのままに祖母の臨終は静かだった。酸素マスクを着けたまま目を閉じていた祖母の顔から鳥のような何かがふっと抜け出した。瞬く間に亡骸《なきがら》になったしわだらけの顔を見ながら、その幼い鳥のようなものがどこに行ってしまったか分からず、君はぼんやりとたたずんでいた。

今、尚武館に居る人たちの魂も、鳥のように体からいきなり抜け出したのだろうか。驚いたその鳥たちはどこに居るのだろう。ずっと前、イースターの卵を食べに友達と教会学校に押し掛けたけれど、そこで聞いたように、天国や地獄のような異国風の場所に飛んでいったのではないみたいだった。時代劇に出てくる、いかにも怖そうな幽霊みたいに、もつれた髪に白い服を着て霧の中をうろついているようでもなかった。

ぱらぱらと、雨粒が君の角刈り頭に降りかかる。顔を上げると頬にも、額にもしきりに落ちる。あっという間に雨脚が強まって降り注ぐ。

マイクを手にした男性が切羽詰まったように叫ぶ。

お座りください、皆さん。まだ追悼式は終わっていません。この雨は先に逝った方たちの魂が流している涙なのです。

教練服のカラーの中に入った雨粒がランニングシャツをひんやり濡らし、腰まで流れ落ちる。**魂の涙は冷たいな。**前腕に、背中に鳥肌が立つ。雨が降り込まない入り口前の軒下に、君は駆け込む。道庁前の木々が元気に雨脚をはじき返している。階段の内側の端っこにうずくまった君は、少し前の生物の時間を思う。日差しが気だるかった五時限目に、植物の呼吸について習ったことが別世界での話のようだ。木々は一日にきっかり一度だけ息をするという話だった。陽が昇ると日差しを吸い込み続け、陽が沈むと二酸化炭素を吐き出し続けるのだと聞いた。それほど我慢強く長く息を吸い込む木々の口と鼻に、あんなに激しく雨が降り注いでいる。

その別世界が続いていたら、先週に君は中間テストを受けていたはずだ。テスト終了後の日曜日だから、今日はたっぷり寝坊してから起きて、庭でチョンデとバドミントンをしていたはずだ。この一週間が実感できないのと同じくらい、その別世界の時間がもはや実感できない。

学校前の書店で問題集を買おうと一人で家を出た、この間の日曜日のことだった。いきなり街をぎっしり埋め尽くした武装軍人が何となく怖くて、君は川辺の道へと下りていった。新婚夫婦とおぼしい、聖書と讃美歌の本を手にした背広の男性と紺色のワンピース姿の女性が向こうからこっちに歩いてきていた。鋭い叫び声が何度か上の道路から聞こえたと思うと、銃を担ぎ棍棒を手にした三人の軍人が急な坂道を下りてきて、その若い夫婦を取り囲んだ。誰かを追っているうちに間違って下りてきたようだった。

何でしょうか？　今、私たちは教会に……

背広の男性がまだ言い終わらないうちに、人の腕がどんなものなのかを君は見た。人の手、人の腰、人の足がどんなことをすることができるのかを見た。助けてください。あえぎながら男性が叫んだ。けいれんしていた男性の足首がすっかり動かなくなるまで、彼らはひたすら棍棒を打ち下ろし続けた。そばでひっきりなしに悲鳴を上げているうちに、長く垂らした髪をつかまれた女性がどうなったのか君は知らない。わなわなと顎を震わせながら川辺の丘を這い上がって街に、さらに見慣れない光景が繰り広げられている街に入っていったからだ。

＊

びっくりして君は顔を上げる。右肩をかすめた手のせいだ。冷たい木綿の布きれで幾重にも指先をくるんだような、か弱い魂みたいな手だ。

トンホ。

おさげに結った髪から白いジャンパー、ジーンズの裾までぐっしょり濡れたウンスク姉さんが君の方に腰をかがめながら笑いかける。

なんでそんなに驚いているの？

血の気が引いた青白い顔で君は、つられてあいまいに笑う。**そうだよね、魂に手みたいなものがあるはずないよね。**

早く戻って来ようと思ったけれど、雨が降ってるから腰を上げにくくて……私が出ていったらほかの人もつられて出ていくかもと思って。ここは変わったことなかった？

誰も来なかったよ。

君は首を振りながら答える。

通り掛かる人もなかったよ。

あっちの方もそうだったわ。人があまり来なかった。

ウンスク姉さんが君の横に並んでしゃがみ込む。ジャンパーのポケットからかさこそとカステラとヨーグルトを取り出す。

カトリック教会のおばさんたちが分けてくれたから、君の分ももらってきたの。

空腹をちっとも意識できずにいたのに、君はあたふたとビニールの包み紙を破る。がぶりと一口、カステラにかじりつく。ウンスク姉さんがヨーグルトの銀紙のふたを剥がして君に渡す。

これからは私が居るから、家に帰って着替えてきなさい。ここではもうみんな家族捜しが済んだみたいだし。

僕は大して雨に濡れなかったのに。姉さんが着替えておいでよ。

カステラをもぐもぐ頬張りながら君は答える。喉が詰まってヨーグルトを流し込む。

君、とても汗臭いわよ。道庁で寝泊まりしてしばらくたつじゃないの。

君の頬が赤らむ。別館のトイレで顔を洗う際はいつも髪まで洗った。死臭が染み付いたみたいで、夜になると歯をガチガチ鳴らしながら冷たい水で体も洗ったけれど、効き目がなかったみたいだ。

集会で聞いたんだけど、戒厳軍が今夜入ってくるって。家に帰ったらもうここには来ないで。

ウンスク姉さんがふと首をすくめる。髪の毛が首筋をくすぐったようだ。濡れた髪を指先でとかし、その指をジャンパーの襟の上辺りに抜き出す彼女のしぐさを君は黙りこくって見つめる。最初会ったときは愛らしくぽっちゃりしていた彼女の顔は、ここ数日でやつれた。黒ずんで落ちくぼんだ彼女の目元をまじまじと見ているうちに君は思う。人が死んだら体から抜け出る幼い鳥って、生きている間はその体のどこに居るのかな。しかめたあの眉間に、後光みたいに脳天の後ろに、それとも心臓のどこかに居るのかな。

最後の言葉が聞こえなかったように、カステラの残りを口の中に押し込みながら君は言う。

雨でずぶ濡れになった人が着替えに行くべきだよ、ちょっとくらい汗臭くたってどうってことないよ。

彼女がジャンパーのポケットからヨーグルトをもう一つ取り出す。

誰も横取りしたりしないわよ……もっとゆっくり食べなさいな。これはソンジュ姉さんにあげようと思ったけど。

君は欲張ってそれを受け取る。爪を立てて銀紙のふたを剥がしながら、にこりと笑う。

*

ソンジュ姉さんは、こっそり近寄って肩にそっと手を載せるような性格の人ではない。遠くからはっきりした声で君の名前を呼びながら歩いてくる。近くに来てすぐ尋ねる。誰も居ないの？　今まで一人で居たの？　そう聞いてからアルミホイルで包んだのり巻きを一本いきなり差し出す。君と並んで階段に腰を下ろし、次第に弱まっていく雨脚を見ながらそれを分けて食べる。

君の友達は、まだ見つからないの？

何げなくぽんと投げ出すように彼女が聞く。君が首を振ると続けて言う。

……まだ見つからないってことは、軍人がどこかに埋めてしまったみたいね。

水なしで飲み込んだのり巻きが喉から胃にちゃんと下りるように、君は手のひらで胸をさする。

その日は私もそこに居たのよ。前の方で銃撃された人たちは軍人がトラックに載せていったの。

どんな話だってぽんぽん飛び出してきそうな彼女の言葉をさえぎりながら君は言う。

姉さんもびしょ濡れだから家に帰っておいでよ。ウンスク姉さんは着替えに帰ったのに。

何をしに行くのよ？　夕方に作業したらまた汗だらけになるのに。

彼女は空のアルミホイルを何度も折り畳み、小指大にして握り締めては雨脚を見つめる。その横顔がこの上なく沈着冷静で頼もしく見え、急に君は何でも聞いてみたくなる。

今日残る人たちは皆、本当に死ぬんですか？

聞かずに君はためらう。**死ぬかもしれないんだったら、道庁を空けてみんな一緒に逃げたらいいじゃないですか。なんで帰る人がいたり残る人がいたりするんですか。**

彼女は握っていたホイルの切れ端を花壇に投げ捨てる。空っぽの手のひらをのぞき込んでいるうちに、疲れたように目元と頬、額と耳たぶまで強くなでさする。

じっとしていてもやたらとうとうとしちゃうだけね。別館に行って……ふかふかのソファを探して寝てこなくちゃ。服もちょっと乾かして。

小さな歯がぎっしり並んだ前歯を見せて彼女は笑う。済まなそうに君に言う。

悪いわねえ、ここに君一人残しちゃって。

*

ソンジュ姉さんの言うことが合っているかもしれない。軍人がチョンデを運んでいってどこかに埋めてしまったのかもしれない。でも母さんの言うことが合っているかもしれない。チョンデはどこかの病院で治療を受けていて、まだ意識がなくて家に電話できないのかもしれない。昨日の午後、母さんが下の兄さんと一緒に君を連れ戻しにきたとき、チョンデを捜さなくてはいけないから帰れないと言い張る君に母さんが言った。まず集中治療室を捜さなきゃ。一つ一つ、病院を回って。

母さんは君の教練服の袖をつかんだ。

ここでおまえを見たって言う人が居て、どんなにびっくりしたことか。まったくもう、遺体がこんなに多いのに怖くはないのかい。怖がりの子なのに。

半分笑いながら君は言った。

怖いのは軍人の方だよ、死んだ人のどこが怖いもんか。

下の兄さんがひどく厳しい顔つきになった。幼いころから勉強することしか知らず、クラスでいつもトップの成績だったけれど、大学入試では立て続けに失敗し、三浪中の兄さんだった。父さん似で顔が大きい上にひげが濃くて、まだやっと二十一歳なのにおじさんみたいに年を取って見えた。ソウルで九級公務員として働いている上の兄さんはむしろ小顔で体も小さく、休暇で帰省して三人一緒に居ると、誰もが下の兄さんを長男だと思った。

機関銃と戦車がある精鋭部隊の戒厳軍が、朝鮮戦争[*9]のとき使っていたカービン銃を持っている市民軍を怖がって入ってこないなんてことがあるものか。作戦の日取りを見てるだけだよ。ここに居たら死ぬぞ。

下の兄さんに額を小突かれるかと思って、君は一歩後ずさりしながら言った。

僕は死ななきゃならないことなんて何もしてないよ。ここでちょっとした仕事を手伝っただけなのに。

腕を強く引いて、君は母さんの手を振り払った。

心配しないで、あと何日かだけ作業を手伝ったら帰るから。チョンデを見つけてから。

ぎこちなく手を振りながら、君は尚武館に駆け込んでいった。

*

徐々に晴れつつあった空が、にわかにまぶしいほど明るくなる。君は立ち上がって建物の右側に回ってみる。群衆が散り散りになってがらんとした広場が見える。黒や白の服を着た遺族が三々五々、噴水台の前に集まって来て立っている。演壇の下に置かれた柩をトラックに載せている兄さんたちが見える。誰が誰なのか見分けようと、細目にした君のまぶたが光の中でぶるぶる震える。まぶたのけいれんが頬にまで広がる。

姉さんたちと初めて会ったとき君は、事実ではないことも言った。

駅前で銃撃された二人の男の遺体が、リヤカーに載せられデモ隊の先頭で行進した日、中折れ帽の老人から十二、三歳の子ども、カラフルな日傘の女性まで、多様な人々が見渡す限り黒山のようになったあの広場で、最後にチョンデを見たのは地区の人ではなくまさに君だった。姿を見ただけでなく、脇腹に銃弾を受けるのまで見た。いや、チョンデと君は最初から手を取り合って先頭の方に、先頭の熱気の方に進み出ていた。耳をつんざく銃声にみんな後戻りして走りだした。空砲だ！　大丈夫だ！　誰かがそう叫び、デモの隊列に戻ろうとする人々でごった返す修羅場の中で、チョンデの手を離した。再び銃声が耳をつんざいたとき、横向きに倒れたチョンデをその場に残して君は走った。シャッターを下ろした電器店横の塀に、三人のおじさんと一緒に身を寄せて立った。彼らの一行らしい男性が合流しようと駆けてくる途中、肩から血を噴き出して倒れた。

なんてこった、屋上だ。

君の横に立っていた、髪が薄くなったおじさんが息を切らしながらつぶやいた。

……屋上からヨンギュを撃ちやがった。

横のビルの屋上からまた銃声が響いた。よろよろと立ち上がりかけた男性の背中が飛び上がった。腹からにじんだ血が瞬く間に上半身を覆った。横に立つおじさんたちの顔を君は見上げた。誰も口を開かなかった。髪の薄いおじさんが口を覆って声もなく震えた。

君は目を細く開けて、通りの中央に倒れた数十人の人々を見た。君が着ているのと同じ空色のトレーニングパンツがちらっと見えたようだった。スニーカーの脱げた裸足がびくっとしたようだった。君が飛び出そうとした瞬間、口を覆って震えていたおじさんが君の肩をつかんだ。同時に横の路地から三人の青年が走り出た。倒れた人たちの脇の下に手を差し込んで起こそうとしたちょうどそのとき、広場の中央に居た軍人側から突然、立て続けに銃声が起きた。ぐったりと青年たちが倒れた。君は通りの向かい側の広い路地を眺めた。三十数人の男女が両側の塀で、凍り付いたようにその光景を見つめていた。

銃声がやんで三分ほどが過ぎ、向かい側の路地からかなり小柄なおじさんが一気に走り出てきた。倒れた一人に向かって全力で走った。再び立て続けに銃声が響いて彼が倒れると、今まで君と身を寄せ合っていたおじさんが分厚い手のひらで君の目を覆って言った。

今出ていったら犬死にだぞ。

おじさんが君の目から手を離した瞬間、まるで巨大な磁石に引き寄せられたように向かい側の路地から二人の男性が倒れた女性に駆け寄り、腕をつかんで起こすのを君は見た。今度は屋上から銃声が響いた。男たちがのけぞって倒れた。

もう誰も倒れた人たちに駆け寄ろうとはしなかった。

静寂の中で十分余りたったとき、軍人の隊列から二人一組で二十人余りが歩いて出てきた。前の方で倒れた人たちを素早く引きずっていき始めた。それを待っていたかのように、横の路地と向かい側の路地からも十余人が走り出て、後ろの方で倒れた人たちを抱え上げて背負った。今度は屋上からの銃撃はなかった。だけど君は、彼らみたいにチョンデの方に走っていきはしなかった。君の横に居たおじさんたちは事切れた連れを背負い、急いで路地の間に消えた。にわかに一人残された君はおびえて、狙撃手の目が届かない場所はどこなのかだけを考えながら、壁にぴったり体をくっつけたまま広場を背にして早足で歩いた。

＊

その日の午後、家は静かだった。母さんは騒乱のさなかにも大仁市場のレザーショップに働きに出ており、少し前、重い皮の反物箱を抱え上げた際に腰を痛めた父さんは母屋で横になっていた。半分ほど閉まった鉄製の門を力いっぱい押して庭に入ると、自分の部屋で英単語を覚えている下の兄さんの声が聞こえた。

トンホかい。

父さんのがらがら声が居間から響いてきた。

トンホ、帰ったのかい。

君は答えなかった。

トンホ、帰ったのならこっちに来て、ちょっと腰を踏んでおくれ。

聞こえないふりをして君は花壇の近くに行き、ポンプの水を汲んだ。澄んだ冷たい水を洋銀のたらいに満たした。まず両手を、次に顔を水に浸した。振り返ると、顔と首から水が流れ落ちた。

トンホ、表に居るのはトンホじゃないか。ちょっとこっちに来てごらん。

水が滴《したた》る両手を濡れたまぶたに当てたまま、君は石段にしばらく立っていた。スニーカーを脱いで板の間を渡り、母屋の戸を開けた。蓬《よもぎ》の灸《きゅう》のにおいが立ち込めた部屋で、父さんがうつ伏せになっていた。

ちょっと前、またぎくっとなっちまって、起き上がれそうにないんだよ。尻の方をちょっと踏んでくれんかね。

君は靴下を脱いだ。父さんの腰の下付近に右足を載せて、半分くらい体重をかけた。

どこをうろついていたんだ。母さんが何度も電話してきて、お前が帰ったかどうか聞いてたぞ。デモをしている所には、近くでも行ったら駄目だぞ。ゆうべ新駅[*10]で銃撃されて人が死んだっていうが……まるで話にならんよ。素手で銃に立ち向かえるものかよ。

君は慣れた動作で足を入れ替え、父さんの脊椎と仙骨の間を慎重に踏んだ。

ああ、そこ、そう、そこだ……気持ちいいよ。


母屋から出た君は、台所横の自分の部屋に入った。ボールみたいに腰を丸め、油紙を張ったオンドルの床に横になった。気を失ったように眠りに落ちた後、数分もしないうちに、記憶には残らない恐ろしい夢を見てはっと目が覚めた。夢よりも恐ろしい現《うつつ》の時が君を待っていた。客部屋棟のチョンデの部屋には、当然ながら人の気配がなかった。夕方になっても同じだろう。明かりはつかないだろう。鍵は石段横の赤粘土甕《がめ》の中で微動もせずにうずくまっているだろう。

静寂の中で君はチョンデの顔を思い浮かべた。淡い空色のトレーニングパンツがぴくっと動いた姿を思い出した瞬間、火の塊がみぞおちをふさいだように息ができなかった。息をしようと君は普段のチョンデのことを思った。何事もなかったように門を開けて入ってくる、そんなチョンデを思った。今まで背が伸びず、小学生みたいだったチョンデ。それでぎりぎりの家計を工面してチョンミ姉さんが牛乳を毎日宅配させ、それを飲ませてもらっているチョンデ。チョンミ姉さんとほんとに実の姉弟だろうかと思うくらい不細工なチョンデ。ボタンの穴みたいに小さな目に、平べったい鼻のチョンデ。それでも愛嬌《あいきょう》があって、その鼻をくしゃくしゃにして笑う姿を見るだけで誰もが笑ってしまうチョンデ。遠足の日の隠し芸では河豚《ふぐ》みたいに頬っぺたを膨らませてディスコダンスを踊り、怖い担任の先生まで爆笑させたチョンデ。勉強するよりお金を稼ぎたがるチョンデ。姉さんのために仕方なく人文系高校の入試準備をしているチョンデ。姉さんに内緒で新聞代の集金の仕事をしているチョンデ。初冬から頬っぺたが赤くひび割れ、手の甲に見苦しい疣《いぼ》ができるチョンデ。君と庭でバドミントンをするとき、国の代表選手でもないのにやたらとスマッシュするチョンデ。

落ち着き払って黒板消しを学生かばんに入れたチョンデ。そんなの、なんで持っていくんだ？　うちの姉ちゃんにあげようと思って。お前の姉ちゃんはこれを何に使うんだ？　さあね、これをよく思い出すんだってさ。中学校に通っているとき、勉強よりもなんと週当番の方がずっと面白かったって言うんだよ。あるときなんかエープリルフールだと言って、クラスの子たちが黒板にびっしり字を書いておいたんだって。チョンガーの先生が消すのに苦労するだろうと思っていたら、先生が週当番は誰だと怒鳴って、姉ちゃんが出ていって黒板の字をせっせと消したんだってさ。みんな授業中なのに、自分一人、廊下で窓を開けてその黒板消しを棒でパンパンはたいたんだって。中学校に二年間通った中で、変だけどそのときのことを一番よく思い出すんだってさ。

部屋の冷たい床に両手をついて君は立ち上がった。スリッパを引きずって狭い庭を渡り、客部屋棟の前に立った。肩までぐっと入る深い赤粘土甕をごそごそかき回し、金槌と釘抜きの下でカタカタと音を立てる鍵を取り出した。錠を開け、スリッパを脱いで部屋に入った。誰も部屋に入った様子はなかった。日曜の夜、泣きだしそうなチョンデを慰めながらチョンミ姉さんが行ったかもしれない場所を書き出してみたノートも、座り机に開きっぱなしになっていた。夜学校、工場、時々行った教会、日谷洞《イルゴクトン》にある父親の従兄弟の家。翌日の朝からチョンデと一緒にそれらの場所を捜し回ったけれど、チョンミ姉さんはどこにも居なかった。暗くなっていくがらんとした部屋の中に立って、君は乾いた上まぶたを手の甲でこすった。肌が熱くなるまでこすった。チョンデの机の前に座ってから、部屋の冷たい床に顔をくっつけてうつ伏せになった。苦痛が感じられる胸骨の中央のへこんだ所をこぶしで押さえた。今、チョンミ姉さんが急に門を開けて入ってきたら、走っていってひざまずくのに。一緒に道庁の前に行ってチョンデを捜そうって言うのに。**それでもあんたは友達なの。それでもあんたは人**

間なの。そう言うチョンミ姉さんにぶたれっぱなしになるのに。ぶたれながら許しを乞うのに。

＊

二十歳のチョンミ姉さんも小柄だ。少し短めのおかっぱ頭だから、後ろ姿は女子中学生か高学年の小学生みたいに見える。前から見たって、化粧をしなかったら高校一年生くらいに見える。そう自覚しているのか、いつも薄化粧をしている。立ち仕事だから足がむくむだろうに、出勤時と退勤時には必ずヒールが高めの靴を履く。誰かをぶつどころか、思い切り腹を立てたことすら一度もなさそうで、軽やかに歩き、静かに話す人だ。だけどチョンデは、とんでもないという顔で君に言った。みんな知らないからそう言うんだよ。ほんとは父さんより姉ちゃんの方がずっと怖いんだよ。

チョンデたちが君の家にやって来て二年過ぎるまで、君はチョンミ姉さんとろくに話したことがなかった。彼女は勤めている紡織工場で頻繁に夜勤をした。チョンデも集金のために家に帰るのがしょっちゅう遅くなり——姉さんには図書館に行ってくるとうそをついた——最初の冬には、客部屋棟のオンドル用練炭の火がよく消えた。たまたま弟より早く帰った夕方には、チョンミ姉さんは台所横の君の部屋を静かにノックした。疲れた顔で短いおかっぱの髪を耳の後ろに掛け、あの、練炭の火をちょっと……と済まなそうに口を開いた。そのたびに君はジャンパーも引っ掛けず、素早く焚《た》き口に走っていった。火のついた練炭を選んで火かき棒ごと渡すと彼女は、ありがたくて仕方ないというふうだった。

君がチョンミ姉さんと初めて長く話したのは、去年の初冬の夕方だった。チョンデは学生かばんを放り投げて集金に出掛け、まだ戻っていなかった。彼女が戸をノックする音に君はすぐ気付いた。冷たくて柔らかい布きれで幾重にも巻いたような指先で、何かを恐れているように静かにノックする音。すぐ戸を開けて出た君に彼女は尋ねた。

もしかして君、一学年の教科書みんな捨てた？

……一学年の？

聞き返す君に彼女はぼそぼそと、十二月から夜学に通うことになったと言った。世の中が変わって、これからはむやみに残業をさせられないんだって。月給も上がるんだって。この機会に勉強をしてみようと思って。時間が随分たっちゃったから、まず一学年の分からざっと目を通してみて……チョンデが休みになったら、二学年の分を見たらいいかなって。

ちょっと待ってと言ってから、君は屋根裏に上がっていった。ほこりをかぶった教科書と参考書を何冊か抱えてくると、チョンミ姉さんの目が大きくなった。

まあ……男の子なのに、君ってどうしてそんなに真面目なの。うちのチョンデは全部捨てちゃったのに。

本を抱きかかえながら、彼女は君に頼んだ。

チョンデには内緒にしといてね。自分のせいで私が学校に行けなかったって、いつも気にしているから。中学校卒業程度認定試験に合格するまで知らないふりをしといてね。

顔から何か草花みたいなものが次々に咲き出すみたいに目に笑みを浮かべる彼女の顔を、君はぼうっと眺めた。

もしかしたらだけど。チョンデを大学に行かせた後に、私も頑張って勉強したら大学に行けるかなって。

どうやってこっそり勉強するのかなと君はそのとき気になった。あんな小さい背中では、参考書を隠しきれないはずなのに、二坪もない一つきりの部屋で。チョンデも早く寝たりせず、夜遅くまで宿題をするのに。

そんなふうにちょっと気になっただけなのに、その後もしょっちゅうそのことを思い出した。寝入ったチョンデの枕元で、君から借りた教科書を開くぽっちゃりした手。小さな唇を少し開けて覚える単語。**まあ、男の子なのに、君ってどうしてそんなに真面目なの……。**にっこりした目。疲れた微笑。柔らかい布きれを指先に幾重にも巻いてノックしたような音。それらが胸をかき回し、君は深い眠りに入れなかった。夜明けに彼女が歩いてくる気配、ポンプで水を汲み、顔を洗う音が聞こえると、君は掛け布団を体にぐるぐる巻いて戸の方に這っていき、眠気が訪れた目を閉じたまま耳を澄ませた。

*

荷台に柩をぎっしり積んだトラックが再び尚武館に着く。日差しがまぶしくてさらに細めた君の目に、助手席から降りてくるチンス兄さんの姿が見える。早足で君の前にやって来て彼が言う。

ここは六時に門を閉める。そしたら君は家に帰れ。

とつとつと君は聞く。

……あの中の人たちは誰が守るんですか？

今夜、軍人が入ってくる。遺族の方も皆、家に帰ってもらうんだ。六時以降は誰もここに居ては駄目だ。

死んだ人たちしか居ないのに、軍人がここまで来るんですか？

病院に居るけが人さえも暴徒だと言ってみんな撃ち殺すって話があるのに、ここの遺体だろうとそれを守っている人だろうと彼らが放っておくとでも思うのか？

彼は怒ったように断固とした足取りで、君の横を過ぎて講堂に入っていく。遺族たちに同じ話をしようとしているみたいだ。黒いボール紙を表紙代わりにしたノートを宝物のように胸に抱いたまま、君はチンス兄さんの後ろ姿を見つめる。彼の濡れた髪とシャツとジーンズを、首を横や縦に振る遺族たちの横顔を見る。女性の震える甲高い声を聞く。

私は一歩も離れませんから。うちの子の横で私も一緒に死にますから。

頭のてっぺんまで木綿の布で覆われて横たわっている、講堂内のまだ身元確認ができていない人たちを君はふと眺める。隅っこの人から視線が離せない。住民課前の廊下で初めてあの人を見た瞬間、君はチョンミ姉さんを思い浮かべた。そのとき既に腐敗が始まっていた顔には深い切り傷が開き、顔立ちをはっきり見分けることが難しかった。だけどどこか似ているように思えた。そっくりのギャザースカートをはいた姿を見たことがあるような気もした。

でもあれは、とてもありふれた水玉模様のスカートじゃないか？　あんなスカートをはいて日曜日に出掛けるのをはっきり見たわけでもないじゃないか？　チョンミ姉さんの髪はあんなに短かったっけ？　あんなおかっぱ頭はほんとの女子中学生だけがするものじゃないか。節約癖が身に付いているチョンミ姉さんが、夏でもないのにわざわざペディキュアをするだろうか。でも君は彼女の裸足をちゃんと見たことはない。青黒いあずき大の黒子《ほくろ》が彼女の膝の上の方にあったかどうかはチョンデが知っているだろう。チョンデが居てこそ、あの人がチョンミ姉さんではないと確かめることができる。

しかしチョンデを捜すには、逆にチョンミ姉さんが居なくてはならない。チョンミ姉さんなら市内の病院全部を一つ一つくまなく捜し回って、術後回復室で意識を取り戻したばかりのチョンデを見つけ出せるはずだ。死んでも人文系の高校には行かない、三学年に一クラス開設された実業系高校の受験準備クラスに入るんだと言って二月に家出したチョンデを、阿修羅のごとく、一日のうちにたちまち漫画喫茶で見つけ出し、耳を引っ張って帰ってきたときのように。あんなに小柄で物静かな人におろおろするチョンデの姿に、君の母さんと下の兄さんは噴き出した。寡黙な君の父さんも、宙に向けて空咳をしながら笑いをこらえた。その日の午前零時まで、客部屋棟からは姉弟の話し声が聞こえた。低い声が少し高くなったかと思うと誰かが優しくなだめ、誰かの声がまた高くなるともう一人が低い声でなだめる、そうこうするうちに、君が台所横の部屋ですっかり寝入ってしまうまで、次第に二人の言い争う声となだめる声、低い笑い声の区別がつかなくなっていった。

*

君は今、尚武館入り口の机の前に座っている。

机の左側にノートを広げておき、亡くなった人の名前と通し番号、電話番号や住所をA4サイズのわら半紙に大きな字で書き写す。市民軍が今夜皆死んだとしても、遺族に確実に連絡が行くように準備しておかなくてはならないとチンス兄さんが言ったからだ。一人で六時までにこれらを整理して、柩ごとに付けておくためには急がなくてはならない。

トンホちゃん、と呼ぶ声に君は振り返る。

母さんがトラックの間から歩いてくる。今度は下の兄さんと一緒ではなくて一人だ。店に出るときに着る制服のようなグレーのブラウスに、だぶだぶの黒いズボンをはいていた。いつもは端正にくしけずっているショートカットの髪が、雨に濡れてぼさぼさにもつれている点だけが普段と違う。

思わず君もうれしそうに立ち上がり、階段を駆け下りようとして立ち止まる。母さんがあたふたと階段を駆け上がってきて君の手を握る。

家に帰ろうよ。

溺れかけた人のようにものすごく強い力で手を引き寄せる母さんを振り払おうと、君は手首をよじる。一方の手で母さんの指を一本ずつ離す。

軍隊が入ってくるそうよ。もう家に帰ろうよ。

強く握った母さんの指をとうとう全部離した。君はすばしこく講堂の中に逃げ込む。後を追って入ろうとする母さんに、柩を家に運ぼうとする遺族たちの列が立ちふさがる。六時にここの門を閉めるんだって、母さん。

遺族の列の間から抜け出て君と目を合わせようと、母さんが爪先立ちをする。子どもの泣き顔みたいに、思い切りしかめた彼女のおでこに向かって、君は声を高くする。

門が閉まったら僕も家に帰るからね。

母さんの顔がやっと和らぐ。

きっとそうするのよ、と彼女が言う。

暗くなる前に帰ってらっしゃい。みんなで夕ご飯を食べようね。

母さんが帰って一時間もしないうちに、見るからに暑そうな栗色のトゥルマギ*11を着た老人を見て、君はまた立ち上がる。老人は真っ白になった髪に墨色の中折れ帽をかぶり、櫟《いちい》材の杖を突きながらわなわな震える足で歩いている。わら半紙が風で吹き飛ばされないように、ノートとボールペンで押さえてから、君は階段を下りていく。

誰を捜しにいらっしゃったんですか？

うちの息子と孫娘。

歯が抜けてもごもごした声で老人が言う。

わしはな、昨日、和順《ファスン》で耕運機に乗せてもらって来たんだよ。耕運機は市内に入れんと言うので、軍人が見張っていない山道をどうにかこうにか越えてな。

老人の息遣いが荒い。口元のまばらな白いひげに、灰色の唾の滴《しずく》がこびり付いている。平地もろくに歩けないこのおじいさんが、どうやって山を越えてきたのだろうと君は不思議に思う。

末の息子は、口が利けないんだよ……小さいころ熱病にかかって話ができん。二、三日前に光州から来た人に聞いたんだが、市内で軍人が口の利けない者を棍棒で殴り殺したと、もうかなり前のことだと言うのでな。

老人の脇を抱えながら君は階段を上がる。

それに上の息子方の孫娘は全大前で一人暮らしをしながら学校に通っていたんだが、ゆうべ下宿先に行ってみたら行方不明だと言うのだよ……もう何日も前から下宿先の主人も近所の人たちも見掛けていないと言うのでな。

講堂に入りながら君はマスクを着ける。喪服の女性たちが、そこを立ち去るために飲み物の瓶と新聞紙、氷嚢《ひょうのう》と遺影などを風呂敷で包んでいる。安全な家に柩を移すか、ここにそのまま置いておくか話し合っている遺族の姿も見える。

老人は脇を抱えられるのを嫌がり、一人で歩く。くしゃくしゃになったガーゼのハンカチで鼻を覆い、先に立って歩いていく。白い布の上の方に見える顔を一人一人のぞき込みながら頭をしきりに振る。規則的にこつこつ突く櫟の杖の音を、ゴム敷きの講堂の床が鈍く吸い込む。

……あの人たちは誰なんだ？　なんで顔を覆っているんだ？

頭のてっぺんまで布で覆われた人たちを指さして老人が尋ねる。

説明する義務から逃れたくて君はためらう。こんな瞬間にはいつもためらった。血と傷口の粘液でまだらになった半乾きの白い木綿の布を持ち上げると、長く引き裂かれた顔、切られた肩、ブラウスの間で腐敗していく乳房が君を待っている。夜になるとその姿がまざまざと思い浮かび、本館地下の食堂で椅子をくっつけて寝入ってもすぐにはっと目が覚めた。銃剣が君の顔を、胸を切り、突き刺す幻覚に体をよじった。

君は先に立って隅っこの遺体の方に歩く。巨大な磁石のようなものが力いっぱい押し戻そうとするように、思わず君の体が後ずさりしそうになる。それに打ち勝とうと、肩を前に傾けて歩く。布をめくるため腰をかがめると、薄く青みがかったろうそくの瞳の下の方に、半透明の燭涙《しょくるい》が流れ落ちている。

魂は自分の体のそばにどれくらい長くとどまっているのかな。

それは何かの翼みたいに羽ばたいたりもするのかな。ろうそくの炎の先っぽを揺らすのかな。

目がもっと悪くなって、近いものもぼやけて見えたらいいのにと君は思う。だけど何もぼやけて見えはしない。木綿の布をめくる前に君は目を閉じはしない。血がにじむほど唇の内側を強く噛みながら布をめくる。めくってからも、ゆっくりとまた覆いながらも、目を閉じはしない。逃げただろう、と歯を食いしばりながら君は思う。あのとき倒れたのがチョンデではなくこの女の子だったとしても自分は逃げただろう。兄さんたちだったとしても、父さんだったとしても、母さんだったとしても逃げただろう。

頭をしきりに振る老人の顔を君は振り返る。お孫さんですか、と聞きはせず辛抱強く彼の言葉を待つ。絶対に許すものか。この世で最もむごたらしいものを見たかのように、のろのろと動く老人の両目と君は向き合う。**何一つ許したりするもんか。この僕だって。**

*1【道庁】全羅南道の旧・中央庁舎。道は、日本の県に当たる韓国の行政組織。一九八〇年五月十八日に起きた光州事件当時、市民側はこの道庁を主要拠点にした。

*2【尚武館】光州広域市東区の錦南路一街にある。光州事件発生当時、戒厳軍の発砲と鎮圧行動による犠牲者の遺体がこの施設に一時安置された。旧・道庁とともに、光州事件の悲劇と歴史的な意味を今日に伝える主要な建物の一つ。

*3【愛国歌】韓国の国歌。

*4【教練服】当時、学生たちの軍事教練の時間に着た制服。

*5【里】韓国の一里は約三九二メートルで、日本の一里の十分の一。

*6【全大病院】光州市内にある全南大学校病院。

*7【太極旗】韓国の国旗。

*8【戦闘警察部隊】対スパイ作戦や治安の任務に当たる重装備の警察部隊。

*9【朝鮮戦争】南北朝鮮間のイデオロギー対立から一九五〇年六月二十五日に勃発、米国を中心とする国連軍が韓国側に、中国が北朝鮮側に立って参戦し、一九五三年七月二十七日に休戦した。

*10【新駅】鉄道の光州新駅。

*11【トゥルマギ】袖の幅が広い、伝統服の外套。

二章　黒い吐息

僕たちの体は十文字状に幾重にも折り重なっていたんだ。

僕のおなかの上に知らないおじさんの体が直角に置かれ、おじさんのおなかの上に知らない兄さんの体がまた直角に置かれたんだよ。僕の顔にその兄さんの髪が触れたんだ。その兄さんの膝裏が僕の素足に掛かったんだよ。なぜそれを全部見ることができたかというと、僕の魂が僕の死んだ体にぴったりくっついてゆらゆらしていたからなんだ。

彼らが近づいてきた。迷彩模様の軍服にヘルメットをかぶり、腕には赤十字の腕章を着けて素早く。彼らは二人一組で僕たちの体を持ち上げ、軍用トラックに放り投げだした。穀物の束を運ぶみたいに機械的な動作で。僕は自分の体から離れないように頬っぺたに、首筋にゆらゆらとしがみついてトラックに乗り込んだ。不思議なことに僕は一人だった。つまり魂同士は会えないものだったんだ。すぐ近くに魂がどんなにたくさん居たって、僕たちは互いを見ることも感じることもできなかった。あの世で会おうなんて言葉は意味のないことだったんだよ。

僕の体はほかの人たちの体と一緒にトラックに載せられて、黙々と揺られていった。血があまりにもたくさん出て心臓が止まり、心臓が止まってからも血があふれ出た僕の顔は、書道半紙みたいに色が薄くて透明だった。目をつむった自分の顔を見たのは初めてだったから、よけいに見慣れなかった。

刻々と夕闇が迫っていた。市街地を抜けたトラックは、暗くなった野原の真ん中のがらんとした道を走ったよ。椚《くぬぎ》が茂った低い丘の道を上ると鉄の門が現れた。トラックがしばらく止まると、二人の歩哨《ほしょう》が敬礼したんだ。歩哨が鉄の門を開けるときに一度、閉めるときにもう一度、鉄がきしむ鋭い音が長く響いた。トラックはそこからさらにもうしばらく丘の道を上っていって、コンクリート平屋の建物と椚の茂みの間にある空き地で止まったんだよ。

彼らが運転席から降りてきたんだ。トラックの後ろの掛け金を外してから、また二人一組で僕たちの手足をつかんで運び始めた。顎へ、頬へと滑ってしがみついて自分の体に付いていきながら、僕は明かりのついた平屋の建物を見上げたんだ。何の建物か知りたかったから。ここがどこなのかを、自分の体が今どこに向かっているのかを。

空き地の後ろにある茂みの間に彼らは入っていった。上官らしき人の指示通りに、また十文字状に体をきちんと積み重ねた。僕の体は下から二番目に挟まれてぺちゃんこになったよ。そんなふうに押しつぶされても、もう出る血はなかった。頭が後ろに折れたまま目を閉じて半分くらい口を開けた僕の顔は、茂みの影が落ちてよけいに青白く見えたんだ。一番上に置かれた男の人の体に彼らが叺《かます》をかぶせると、体の塔は数十本の足がある、でっかい獣の死骸みたいになった。

＊

彼らが行ってしまうとさらに暗くなった。西の空に残っていたかすかな光が少しずつ消えていった。僕は体の塔の上にゆらゆらとどまっていて、半月をくるんだ薄い灰色の雲から青白い月明かりが漏れているのが見えた。その明かりでできた茂みの影が、死んだ人たちの顔の上に奇怪な入れ墨みたいな模様を刻んでいたんだ。

午前零時ごろだったと思う、華奢で柔らかい何かがそっと僕に触れてきたのは。顔も体も言葉もないその影が誰のものなのか分からず、僕は黙って待っていた。魂への話し掛け方を思い出したかったけれど、考えてみたら、そのやり方を習ったことなんて一度もなかった。

多分、その魂も話し掛け方を知らないようだった。お互いに言葉の掛け方を知らないのに、ただ僕たちがお互いのことを力の限り思っているってことだけは感じられたんだ。とうとう諦めたみたいにその魂が離れていくと、僕はまた一人きりになった。

夜が更けていくうちに、似たようなことが繰り返された。何かが静かに僕の影に触れたと思ったら、そのたびに別の魂だったんだ。手も足も顔も舌もない僕たちは、静かに互いの影を寄せ合ったまま相手が誰なんだろうという思いに浸って、結局は一言も言葉を交わせないまま互いに離れていったんだ。一つの影が僕から離れていくたびに、僕は空を見上げたよ。雲に包まれた半月が瞳のように僕を見つめていると思いたかったけれど、それは単にがらんとした銀色の石、生命が存在しない巨大で荒涼とした岩の塊にすぎなかった。

君をふと思い出したのは、生々しくてなじみのないその夜が終わるころ、墨色の空が明け方の薄く青みがかった色に染まり始めたころだった。そうだ、君は僕と一緒に居たのに。僕が脇腹に冷たい棍棒みたいなものをいきなり食らうまで。僕が布きれ人形みたいにつんのめるまで。アスファルトが粉々に砕けそうな激しい足音、鼓膜を破る銃声の中で僕が腕を振り上げるまで。脇腹から噴き出した血が温かく肩に、首筋に広がるのを感じるまで。そのときまでは君が一緒に居たのに。

*

草虫が羽を震わせて鳴いていた。目には見えない鳥たちが高いトーンでさえずり始めた。黒い木々が風に揺れながら、葉がまぶしげにさやさやとこすれる音を立てていた。青白い太陽が昇ってきたと思ったら、猛烈な勢いで空のど真ん中に向かって突き進んでいった。茂みの後ろに積まれた僕たちの体は今、日差しを浴びて腐りだした。血がどす黒く固まった部分にウシバエとコバエの群れが飛んできて止まった。そいつらが前足をこすり、這い回り、また降りてきて止まるのを見つめながら僕は自分の体の周りでゆらゆらしていた。体の塔に君の体が挟まれていないか捜してみたかったけど、夜中にちらちらと僕をなでさすっていた魂の中に君が居たのかどうか確かめてみたかったけど、磁石でくっついたみたいに自分の体から離れることができなかった。青白い自分の顔から目を離せなかった。

そうこうして正午近くになったとき、ふと気付いたんだ。

ここに君は居なかった。

ここに居ないだけでなく、君はまだ生きていた。つまり、魂ってものは近くに魂が居たってそれが誰かは分からないくせに、誰が死んで誰が生きているかは、懸命に考えれば分かるものだったんだ。このなじみのない茂みの下で、腐っていくたくさんの体の間で、誰一人知った人が居ないと思ったら僕は怖くなった。

もっと怖くなったのは次の瞬間だった。

怖いのを我慢しながら僕は姉ちゃんのことを考えた。赤々と燃える太陽が南の方へ、さらに南の方へと傾いていくのを見ながら、穴が開くほど自分の顔を、閉じたまぶたをのぞき込みながら姉ちゃんを、姉ちゃんのことだけを考えたんだ。こらえきれない苦痛を感じたよ。姉ちゃんは死んだ。僕より先に死んだ。舌も声もないままうめこうとしたら、涙の代わりに血と粘液が漏れ出す疼《うず》きを感じたんだ。目がないのに、どこから血が出るんだろう、どこで痛みを感じるんだろう。何も流れていない自分の青白い顔を僕はのぞき込んだ。汚れている僕の両手は動かなかった。血が酸化して濃いれんが色になった爪の上を、音もなくアカヤマアリが這い回っていた。

*

もう自分が十六歳[*1]って感じはしなかった。三十六歳、四十六歳みたいな年齢でも物足りず、ちっぽけに感じたんだ。六十六歳、いや七十六歳と言ったって変じゃなかったよ。

僕はもう学年で一番背が低いチョンデじゃなかったんだ。世の中で姉ちゃんが一番好きで、それは姉ちゃんが一番怖いパク・チョンデじゃなかった。奇妙で激烈な力が生じていたけれど、それは死んだせいじゃなくて、ひたすら考え続けたからなんだ。誰が僕を殺したのか、誰が姉ちゃんを殺したのか、なぜ殺したのか。考えれば考えるほど、そのなじみがない力は強くなった。目も頬もない部分から流れ続ける血がその力で濃くなり、粘っこくなったんだ。

どこかで姉ちゃんの魂もゆらゆらしているはずだけど、そこはどこだろうか。もう僕たちに体はないのだから、会うために体を動かす必要はないはずなのに。でも、体なしに姉ちゃんとどうやって会うのだろう。体のない姉ちゃんを、どうやって見分けるのだろう。

僕の体はずっと腐り続けた。広がった傷口にますますたくさんのコバエが群がったよ。まぶたと唇に止まったウシバエが、黒くて細い足をこすりながらゆっくり動いた。梢林の梢の隙間に、オレンジ色の光線を差し込みながら日が沈むころ、姉ちゃんがどこに居るのか考えるのに疲れた僕は、今度は彼らのことを考え始めた。僕を殺した人と姉ちゃんを殺した人は今どこに居るのか。まだ死んでいなくたって彼らにも魂はあるはずだから、考えまくったら会えそうな気がした。自分の体を捨てたかった。死んだ体からぴんと張った細いクモの糸みたいに伸びて、僕を引き寄せる力を断ち切りたかった。彼らの居る所に飛んでいきたかった。聞いてみたかった。なぜ僕を殺したんだ。なんで姉ちゃんを殺したんだ、どうやって殺したんだ。

薄暗くなると鳥たちは鳴きやんだ。昼間に鳴いていた草虫よりも弱々しい声を出す、夜の草虫たちが羽を震わせだした。すっかり暗くなると、ゆうべと同じように誰かの影が僕の影に触れてきたんだ。ゆらゆらと互いの周りをなでさすってから、僕たちは散り散りになった。僕たちは、昼間は焼け付く日差しの下で身じろぎもせず、似たり寄ったりの思いにふけっていたようだ。夜になると、体の引力からしばらく離れる力が得られるみたいだった。彼らが再びやってくる直前まで、そんなふうに僕たちは互いをなでさすり、互いを知りたがり、結局何も分からなかったんだ。

鉄の門が開いて閉まる金属のきしみが二度、夜の沈黙を破った。エンジン音が近づいてきた。

トラックのヘッドライトの明かりが、鋭く飛び込んできた。明かりが僕たちの体を照らしながら移動すると、それに合わせて遺体の顔に落ちていた入れ墨のような茂みの黒い影もくねくね動いたんだ。

今度、彼らは二人しかいなかった。彼らは新しい遺体の手や足をつかんで、一体ずつ僕たちの方に放り投げたんだ。鈍器で殴られて頭の骨が陥没し、上着が血でまだら模様になった四人、それと、青い縞模様の患者服を着た一人だった。彼らは僕たちの体の横に、再び十文字状に体を低く積み上げた。患者服を着た体を一番上に積んだ後、叺をかぶせてから下がっていった。彼らのしかめた眉間とうつろな目を見つめながら僕は気付いたよ。一日たつうちに僕たちの体からひどい悪臭が噴き出しているってことに。

彼らがトラックのエンジンをかけているとき、僕はゆらゆらとその体に近づいた。僕だけじゃなく別の魂の影たちもやって来て、体を取り囲んでいるのを感じたんだ。頭の骨がへこんだ男女の服からは、まだ血が少しこぼれていた。頭から水を浴びせられたのか、顔だけはざっと洗われて顔立ちがはっきり見えていた。中でも一番特別な存在は患者服を着た若い男性だったけれど、胸を叺で覆われて横たわっていた彼は誰よりも清潔だった。彼の体を誰かが洗い清めてくれたんだよ。傷口を縫い、薬を付けてもらっていた。彼の頭にぐるぐる巻かれた包帯が闇の中で白く光った。同じ死んだ体なのに、誰かが手を差し伸べた跡が残っている彼の体がこの上なく高貴に見えて、僕は妙な悲しみと嫉妬を感じた。高い体の塔の下の方に、獣みたいに挟まっている僕の体が恥ずかしく、恨めしかったんだ。

そう、その瞬間から自分の体を憎むようになったんだ。肉の塊みたいに放り投げられて、積み上げられた僕たちの体を。日差しの中で悪臭を噴き出しながら腐っていった汚らしい顔という顔を。

*

目を閉じることができたら。

数十本の足を垂らした怪物の死骸みたいに一塊になった僕たちの体を、これ以上のぞき見せずにいられたら。うとうとと寝入ることができたら。真っ暗な意識の底に今、真っ逆さまに落ちることができたら。

夢の中に隠れることができたら。

いや、記憶の中にでも。

君のクラスの廊下で、早く授業後の集いが終わらないかな、とそわそわしながら君が出てくるのを待っていた去年の夏に。君の担任教師が教室の前のドアから出てくるのを見て、すぐかばんを整えた瞬間に。ほかの子たちが皆出てきたのに君の姿が見えず、教室に入っていって黒板を消している君を大声で呼んだ瞬間に。

何してるんだ?

週当番だよ。

おまえ、先週も週当番だったじゃないか。

女の子と約束があるって言うやつがいるから替わってやったのさ。

オロカモノ。

互いに向き合い、おどけて笑った瞬間。鼻の穴にチョークの粉が入ってくしゃみが出そうだった瞬間。君が粉をはたいた黒板消しを、僕がこっそりかばんに入れた瞬間。面食らっている君の顔に向かって、自慢げにでも悲しそうにでも恥ずかしそうにでもなく姉ちゃんの話を切り出した瞬間。

その日の夜、僕は薄手の布団を腹に巻いて横になり、早めに寝入ったふりをしていた。いつものように夜勤から帰ってきた姉ちゃんが、いつものように庭の洗面場に膳を広げ、冷めたご飯と水を混ぜて食べている音が聞こえたんだ。姉ちゃんが洗顔と歯磨きを済ませて爪先歩きで部屋に入ってくると、僕は暗がりの中で薄目を開けて、窓に歩み寄る姉ちゃんの横向きの姿を見つめた。蚊取り線香に火がついているか確かめようとした姉ちゃんは、僕が窓枠に立てておいた黒板消しに気付いて笑ったんだ。ため息のように一度は低く、少ししてから声を出してもう一度。

姉ちゃんは首を左右に振り、布きれの黒板消しを一度手にしてから元の場所に置いた。いつものように僕から離れた所に布団を敷いて横になると、膝歩きでそっと僕に近づいたんだ。寝入ったふりをして薄目を開けていた僕は、本当に目をぎゅっとつむった。姉ちゃんは僕の額を一度、頬を一度なでてから自分の布団に入ったんだ。少し前に聞こえた笑い声が、暗がりの中でまた聞こえた。ため息のように一度は低く、少ししてから声を出してもう一度。

真っ暗なこの茂みでぎゅっとつかんでいなくちゃならない記憶が、まさにそれだったんだ。僕がまだ体を持っていたその夜の全てのこと。夜更けに窓から吹き込む湿気を含んだ風、その風が裸足の甲に柔らかく触れる感触。寝入った姉ちゃんからかすかに漂ってくるローションと湿布薬のにおい。リリリ、リリリ、と息を潜めて鳴いていた庭の草虫。僕たちの部屋の前で、次々と絶え間なく咲き上がる立葵の大きな花。台所脇にある君の部屋の向かい側で、ブロック塀越しに咲く野薔薇《のばら》、真っ盛りに咲き誇ったその気配。姉ちゃんが二度なでてくれた僕の顔。姉ちゃんが愛した、僕の目をつむった顔。

＊

もっとたくさんの記憶が必要だったんだ。

もっと次々と、途切れないように思い出し続けなくてはならなかったんだよ。

夏の夜の庭で水浴びをしたよね。世の中で一番きれいで貴い宝物みたいな、ポンプで汲んだばかりの冷たい水をバケツ丸ごと、君が汗でべたついた僕の背中にぶっかけたんだ。ウウウ、と冷たさに身震いする僕を見て、君は笑ったよね。

川辺の道で自転車に乗ったよね。柔らかくてぐにゃぐにゃした向かい風の真ん中をかき分けながら走ったよね。僕の白い夏物シャツが翼みたいにはためいたんだ。後ろから君が僕の名を呼ぶのを聞きながら、力いっぱいペダルを踏んだんだよ。だんだん遠くなっていく君の声を聞きながら、さらに愉快になってペダルを踏んだんだ。

灌仏会《かんぶつえ》の日がちょうど日曜日だったんだよ。母さんを祭ったお寺に日帰りでお参りをしに、姉ちゃんと一緒に康津《カンジン》へ行ったんだ。市外バスの窓越しに、春の日の田んぼが見えたんだ。姉ちゃん、まるで世の中全部が金魚鉢だよ。澄んだ水を張った田植え直前の田んぼに、空がどこまでも映っていたんだもの。アカシアの香りが窓の隙間から入り込んで、思わず鼻をひくひくさせたよ。

姉ちゃんが新じゃがを蒸してくれたんだ、舌がやけどしそうに熱いのをふうふう吹きながら食べたな。

白砂糖みたいに粉々に砕ける熟れた西瓜《すいか》を食べたんだ、黒い宝石みたいな種までぽりぽり噛みながら。

紙袋に入った菓子パンを左胸のセーターの内側に抱いて、姉ちゃんが待っている家へと走ったんだ、両足がかじかんで感覚が全くなかったよ、心臓だけがめらめらと燃えているみたいだったんだ。

背が高くなりたかった。

腕立て伏せを四十回続けてしたかった。

いつか女の子を抱き締めてみたかった。抱き締めても構わない僕の初めての女の子、まだ顔も知らないその子の心臓辺りに、震える手を置いてみたかった。

＊

腐っていく僕の脇腹を思う。

そこを貫通した銃弾を思う。

最初はひどく冷たい棍棒みたいだったそれ、

たちまち腹の中をかき回す火の玉になったそれ、

それが反対側の脇腹に作った、僕の温かい血をすべて流れ出させた穴を思う。

それを発射した銃口を思う。

ひどく冷たい引き金を思う。

それを引いた温かい指を思う。

僕に照準を当てた目を思う。

撃てと命じた人の目を思う。

彼らの顔を見てみたい、寝入った彼らのまぶたの上でゆらゆらしてみたい、夢の中にすっと入り込んでみたい、その額、そのまぶたの上を夜中にゆらゆら飛び回ってみたい。彼らが悪夢の中で血を流している僕の目を見るまで。僕の声を聞くまで。なぜ僕を撃ったんだ、僕をなぜ殺したんだ。

*

静かな昼と夜が過ぎていった。夜明けと夕方の青い薄暗がりが過ぎていった。午前零時になるたびにやって来る軍用トラックのエンジン音が、ヘッドライトの鋭い光が過ぎていった。

彼らが来るたびに叺をかぶせられた体の塔が一つずつ増えていった。銃で撃たれる代わりに頭が砕けてボコッとへこみ、肩の骨が外れた体、体。その間に時々交じった、患者服を着て白い包帯を巻いたきれいな体、体。

あるときなんて、彼らが積み重ねていった十数人の体に顔が見つからないこともあったんだ。首が切られたのではないことを、白いペンキで顔が塗りつぶされていることを悟って、僕はゆらゆらと後ずさりした。真っ白い銀紙のような顔が、頭を後ろに折り曲げたまま茂みのどこかに向いていた。目も鼻も唇もないまま宙を見上げていたんだ。

＊

みんな、あの通りに一緒に居たんだろうか。

一緒に叫び一緒に歌ったあの大勢の人たちの中に、ヘッドライトをつけて大波のように押し寄せてくるバスとタクシーに向かって歓呼していた群衆の中に、みんな、僕と一緒に居たんだろうか。

リヤカーに載せられて行列の先頭を進んでいた、駅前で銃撃されたという二人の男の人の体はどうなったんだろう。宙で上下に揺れていた裸足はどうなったんだろう。その姿を見た途端に君は仰天したのに。激しくまぶたをしばたたかせ、まつ毛が震えていたのに。そのとき、僕は君の手をつかんだのに。僕たちの軍隊が銃を撃った、魂が抜けたみたいにつぶやく君を行列の前の方に、さらに前の方に引っ張ったのに。僕たちの軍隊が銃を撃った、すぐにもわっと泣きだしそうな君を力いっぱい引っ張っていきながら僕は歌ったのに。喉が破けるくらい大きな声で愛国歌を合唱したのに。彼らが僕の脇腹に熱い火の塊みたいな銃弾をぶち込む前に。あの人たちの顔を白いペンキで塗りつぶす前に。

*

最初に積み重ねられた人たちの体から腐敗していって、白い蛆虫《うじむし》がうようよ湧いたんだ。僕の顔に点々と黒い染みができて腐り、顔立ちが崩れていくのを、輪郭が崩れて誰にも見分けがつかなくなっていくのを僕は黙って見つめていたんだよ。

夜が更けると、次第に数が増えてきた影が僕の影に寄り掛かってきた。相変わらず目も手も舌もなく僕たちは互いを迎えたんだ。互いに誰なのかはやはり分からなかったけれど、互いがどれほど長いこと一緒に居たのかはぼんやりと見当がついた。最初から一緒だった影と新しくやって来た影がずらっと並んで僕の影に重なるとき、説明のつかない方法で彼らの気配を区別できたんだ。僕には分からない苦痛に長いこと耐えてきたような影もあった。指の爪全てに濃い紫色の内出血があって、服が濡れていた遺体の魂だったのかな。彼らの影が僕の影の端に触れるたびに、ものすごい苦痛の気配がびりびり伝わってきたんだ。

もしかして、そんなふうにしてもう少し時間がたったら、ふとした瞬間に僕たちは互いが誰だか知り合うことができたのだろうか。ついにはある言葉を、ある思いを伝え合うすべを見つけることができたのだろうか。

でも、その夜がやって来た。

午後に雨がひどく降った日だったな。強い雨脚に僕たちの血はきれいに洗われて、その後はさらにさっさと腐っていったんだ。青黒く変色した僕たちの顔が、十五夜ごろの月明かりで薄ぼんやりと光ったよ。

彼らはいつもより早く、午前零時になる前にやって来たよ。彼らの近づく気配に僕はいつものように体の塔から退いて、茂みの影にもたれてゆらゆらしていたんだよ。この幾日間か彼らはいつも同じ二人組だったけれど、このときは初めて見る人も合わせて、みんなで六人だった。

彼らは手足を雑につかんで運んでは、なぜだか十文字状には組まずに、いい加減に積み上げたんだ。においが我慢できないようで、鼻と口を覆いながら後ずさりして、うつろな目で体の塔を見つめていたよ。

彼らのうちの一人がトラックに戻って、両手にでっかい石油の容器を抱えてゆっくり歩いてきたんだ。腰と肩と腕でポリ容器の重さに耐えながら、僕たちの体の方によろよろと近づいてきたんだよ。

もうおしまいだな、と僕は思ったよ。たくさんの影が華奢な柔らかい動きではためきながら僕の影に、お互いの影に染み込んだんだ。震えながら宙で会ってからすぐ散り散りになり、もう一度互いに寄り添いながら静かにはためいたんだ。

待っていた軍人のうち二人が歩み出て、石油の容器を受け取った。落ち着いた様子でふたを開けて、体の塔の上に石油を振り掛け始めたんだ。僕たちの体に等しく、公平に。容器の石油の最後の一滴までぶちまけてから、彼らは後ろに下がったんだ。枯れ枝に火をつけて力いっぱい放り投げたんだよ。

*

僕たちの体にくっついて腐りつつあった血まみれの服が、真っ先に燃えて灰になったんだ。

次に髪と産毛が、皮膚が、筋肉が、内臓が燃えていったよ。茂みを飲み込むように炎が立ち上ったよ。真っ昼間のように空き地が明るくなったよ。

そのとき分かったんだ、僕たちをここにとどまらせていたものは、まさにあの皮膚と髪と筋肉と内臓だったってことが。僕たちを引き寄せる体の引力がたちまち弱くなりだしたんだよ。茂みの隙間の方に退いてもたれ合い、互いの影をなで合っていた僕たちは、自分たちの体からぼうぼうと噴き上がる黒い煙に乗って一気に宙に舞い上がったんだ。

彼らがトラックに戻り始めた。最後まで見ておけという命令を受けたかのように、一等兵と兵長の階級章を着けた二人の軍人だけが、直立不動の姿勢でその場に残ったんだ。僕はその幼い軍人にゆらゆらと降りていったよ。彼らの肩とうなじの周りに広がりながら、幼く見えるその顔をのぞき込んだんだ。おびえた黒い瞳の中で燃えている僕たちの体を見たんだよ。

僕たちの体はずっと炎を噴きながら燃えていった。内臓が煮え返りながら縮んでいったんだ。その間欠的にシューシュー噴き出る黒い煙は、僕たちの腐った体が吐き出す息みたいだったよ。そのざらざらした吐息がほとんど出なくなった所から白っぽい骨が現れたんだ。骨が現れた体の魂はいつの間にか遠くなって、ゆらゆらする影がもう感じられなくなったよ。だからとうとう自由になったんだ、もう僕たちはどこにだって行けるようになったんだ。

どこに行こうか、と僕は自分に聞いたんだ。

姉ちゃんの居る所に行こう。

でも姉ちゃんはどこに居るのだろう。

僕は冷静でいたかったんだ。体の塔の下の方に積まれた僕の体が、すっかり燃え尽きるまでにはまだ時間があったから。

僕を殺した人たちの居る所に行こう。

でも彼らはどこに居るのだろう。

空き地の湿っぽい砂土の上で、そこに垂れた青黒い茂みの陰でゆらゆらしながら僕は考えたんだ。どうやって、どこに行くべきだろうか。つらくはなかったんだ、腐りつつあった僕の黒ずんだ顔がもはやきれいさっぱり消えることが。惜しくはなかったんだ、この恥ずかしい体が残らず燃えてしまうことが。命がなくなってからも、命があったときと同じように、僕は単純になりたかったんだ。何も恐れたくなかったんだ。

君の居る所に行こう。

すると何もかもはっきりしたんだよ。

焦ることはなかったんだ。夜が明ける前に舞い上がったら、明かりが集まっている都心へと向かう方角が分かるだろう。明け方の街を手探りして、君と僕が住んでいた家にゆらゆら近づいていけるだろう。もしかしたら君はもう姉ちゃんを見つけ出しているかもしれない。君に付いて行ったら、姉ちゃんの体を見つけることができるかもしれない。その体の周りで揺らめいている姉ちゃんと会えるかもしれない。いや、姉ちゃんはもう僕たちが暮らしていた部屋に戻って、僕が帰るのを待ちながら窓枠で、冷たい石段の上でゆらゆらしているかもしれない。

*

燃え尽きて灰になりかけている残り火の、橙色をした炎の合間へと僕は染み込んでみたんだよ。激しい炎の中で体の塔は崩れ、ごったになった熱い遺骨は、もう誰のものか区別がつかなかったんだ。

静かな夜明けだったよ。

炎が収まるにつれて、茂みはまた暗くなったんだ。

幼い軍人は地面に膝を立てて座り、互いの肩にもたれて死んだように眠りこけていたんだ。

音が聞こえたのはそのときだったよ。

一度に数千発の花火を打ち上げるような爆薬の炸裂《さくれつ》音。遠い悲鳴。いっぺんに息絶える音。

驚いた魂たちが体からどっと飛び出す気配。

そのとき君は死んだんだ。

それがどこなのかは分からないまま、君が死んだ瞬間だけを僕は感じたんだ。明かりのないがらんとした空に広がりながら僕は上へ、さらに上へと昇っていったんだ。真っ暗だった。都市のどの方角にも、どの区域、どの家にも明かりがついていなかった。まぶしい火炎が噴き上がっている所は、遠くにある一つの地点だけだったんだ。立て続けに打ち上げられる照明弾の明かりを、きらめきながらはじけ散る銃身の火炎を僕は見たんだ。

そのとき、そこに行くべきだったのだろうか。そこに勇ましく飛んでいったら君と、ちょうど君の体から飛び出してびっくりしている君の魂と会うことができただろうか。ずっと目から血を流しながら、じわじわ迫ってくるでっかい氷のような明け方の光の中で、僕はどこにも動けなかったんだよ。

＊1【十六歳】韓国では年齢を数え年で表現する場合が多々ある。

三章　七つのビンタ

彼女はビンタを七つ食らった。水曜日の午後四時ごろだった。同じ所を立て続けに強くぶたれたため、幾つ目のときかはっきりしないけれど、右頬の皮膚の毛細血管が破れた。流れる血を手のひらでこすって拭いながら、彼女は歩いて通りに出た。十一月下旬の大気が澄んで冷たかった。会社に戻らなくてはいけないだろうか。彼女はしばらく横断歩道の手前にたたずんでいた。みるみる頬が腫れ上がるのを感じた。耳の中に何かが詰まった感じでよく聞こえなかった。もっとぶたれていたら鼓膜が破れたかもしれない。歯の根元にたまっていた少し生臭い血を飲み込みながら、家に帰るため彼女はバス停の方に歩いていった。

一つ目のビンタ

七つのビンタを彼女はこれから忘れるのだ。一日に一つずつ、一週間かけて忘れるのだ。だから今日がその初日だ。

彼女は下宿部屋のドアを鍵で開けて入る。靴をそろえて脱ぎ、コートのボタンを外さないまま、痛む右頬を上にして床に横たわる。顔面神経まひにならないように腕枕を左頬の下にあてがう。右頬はまだずっと腫れている。右目を大きく開けることができない。奥歯の上の方から始まった歯痛がずきずきとこめかみに広がる。

その姿勢で二十分近く横になってから、彼女は体を起こす。外出着を脱いでハンガーに掛ける。白い防寒用のインナー姿でスリッパを突っ掛け、洗面所に行く。たらいに水をためて腫れた顔にぴちゃぴちゃと振り掛ける。うまく開かない口を開け、そっとなでるように歯を磨く。電話が鳴っていたが、やがてその音がやむ。濡れた足をタオルで拭い、部屋に戻るとまた電話が鳴る。彼女は受話器に手を伸ばしたが、思い直して電話線を引き抜いてしまう。

電話に出てどうするのよ。

口の中でつぶやきながら、彼女は敷き布団と掛け布団を広げる。空腹が感じられない。無理に何か食べてもすぐに胃もたれするだろう。布団の中が冷たくて彼女は体をすくめる。さっきの電話は会社から、多分編集長がかけてきたのだろう。彼が尋ねるままに彼女は答えなくてはならなかっただろう。大丈夫です、ただ何回かたたかれました。いえ、平手打ちだけです。出勤はできます。大丈夫です、病院には行かなくてもいいです。顔が腫れただけですから。だから電話線を引っこ抜いてしまったのは正解なのだ。

ゆっくりと体を温めてくれる綿入れ布団の暖かさにほっとして、彼女は腰と手足を伸ばす。既に暗くなった夕方六時の窓を見上げる。街灯の明かりのために、窓の一部がくすんだ橙色に見える。くつろいだ姿勢と暖かさのおかげで緊張がほぐれると、頬の疼きがさらに生々しくなる。

これからどうやって最初のビンタを忘れようか。

男が最初のビンタをしたとき、彼女は声を出さなかった。次のビンタが来る前に体をよけようともしなかった。椅子から立ち上がったり、取調室のテーブルの下にうずくまって隠れようとしたり、ドアの方に走ったりせず、静かに息を殺したまま待った。男がやめるのを、打ちやめるのを待った。二つ目のときも、三つ目のときも、四つ目のときもこれが最後のビンタと信じた。五つ目のビンタが来たときに思った。やめないつもりなんだ、打ち続けるんだ。六つ目のときはもう何も考えなかった。回数を数えもしなかった。七つ目のビンタを張った男が、テーブルの向かい側の折り畳み椅子にもたれ掛かったときやっと、五で中断した数字に二を足して数え終えた。七つのビンタ。

男の顔は平凡だった。全体的に平べったい顔で薄い唇だった。幅広襟の薄黄色のシャツに裾幅の広いグレーのズボンをはき、バックルがかなりきらきら光る皮のベルトをしていた。もしも偶然に街角で会ったら、平凡な会社の主任か課長のように見えたはずだ。その平凡な薄い唇を開けて男が言った。このくそアマ。

おまえみたいな女はここでどうなろうが誰も知らんぞ、薄汚いアマ。

右頬の毛細血管が破れたことに気付かないまま、彼女は男の顔をぼんやりと眺めた。

野垂れ死にしたくなけりゃ俺の言うことを聞け。あの野郎はどこにいる。

男があの野郎と呼ぶ翻訳者と、彼女は半月前に清渓川《チョンゲチョン》沿い*1のベーカリーで会った。急に寒くなり、セーターを取り出して着た日だった。麦茶のコップに結露した滴でテーブルが濡れており、彼女はそれを紙ナプキンで拭いてから校正紙の束を取り出した。向かい側に座った翻訳者にちゃんと見えるように向きを変えてテーブルに置いた。ゆっくりごらんください、先生。彼女が冷えた麦茶と一緒に、メロンパンの食感がサクサクした部分をちぎって食べている間、彼はきちょうめんに、ほぼ一時間かけて原稿に目を通した。こまごました修正項目と推敲《すいこう》について彼女に意見を求め、最後に一緒に目次をチェックしようと提案した。彼女は椅子を彼の横に移し、校正紙を一枚ずつめくりながら目次とともに修正項目をもう一度確かめた。別れる前に彼女が聞いた。本が出たらどうやって連絡を差し上げましょうか？　彼は笑いながら答えた。自分で、書店で手に入れます。彼女はかばんから封筒を取り出して差し出した。これは社長から言付かったもので、先にお渡しする初版の印税です。彼はそれを黙って受け取り、ジャンパーの内ポケットにしまった。次の印税からはどうしましょうか？　後で、私の方から連絡を差し上げます。彼の印象は、漠然と思い描いていた指名手配中の人物のそれとは懸け離れていた。虫一匹殺せそうにない小心そうな目元で、肝臓の具合が良くないのか肌が全体的に黄ばんでおり、顎と腹にぜい肉が付いていた。長い間室内でばかり生活してきたせいだろう。恐れ入ります、寒い日なのにこんなに遠くまでおいでいただいて。度外れに丁重な彼の言葉遣いに、はるかに年下の彼女は黙って微笑した。

これ、おまえの引き出しから出てきたもの……これはあいつの筆跡じゃないか。これでもどこに居るか知らないって言うのか？

荒々しい動作でテーブルの上に校正紙の束を放りだした男の目を避けて、彼女はほこりがたまった白熱灯を見上げた。またぶつんだ、と思いながら両目をしばたたかせた。

その瞬間、なぜ噴水台が思い浮かんだのか分からない。短く閉じたまぶたの中で、六月の噴水台がまぶしい水柱を噴き上げた。バスに乗ってその前を通り過ぎていた十九歳の彼女は、ぎゅっと目をつむった。一つ一つの水滴が放つ鋭い日差しの破片が、熱されたまぶたの内側深くまで入り込み、瞳を刺した。家の前のバス停で降りるとすぐ、彼女は公衆電話ボックスに入った。手提げかばんを床に下ろし、額に流れる汗をこぶしで拭いながら電話機にコインを入れた。電話番号問い合わせの114を押して待った。道庁の市民課窓口をお願いします。案内された番号を押して再び待った。噴水台から水が出ていましたね、そうしてはいけないと思います。震えていた彼女の声が次第にはっきりしてきた。なぜ噴水台からもう水を出しているんですか。祭りでもないのに、まだ事件から日が浅いというのに、どうしてそんなことができるんですか。

家族にも知らせなかったという連絡先を、初めて会った出版社の社員にどうして教えたりするでしょうか。

立て続けに目をしばたたかせながら、彼女は男に言った。

……私、ほんとに知らないんです。

男がこぶしでテーブルをたたいた。彼女はびくりとして椅子の背もたれに腰を引いて座った。顔をもう一度引っぱたかれたように手のひらで頬骨をなでた。そのとき初めて驚きながら血の付いた手を見つめた。

どうやって忘れようか、暗闇の中で彼女は考える。

どうやって最初のビンタを忘れようか。

最初のうちは黙って彼女を見つめていた、事務的な仕事を始めるかのように落ち着いていた男の目を。

彼が手を上げたとき、まさかぶつのだろうか、と思いながら座っていた彼女自身を。

首の骨がずれたような気がした最初の衝撃を。

二つ目のビンタ

昼休みの少し前に印刷所からパク嬢がやって来た。女子高の制服のような紺色のハーフコートにスニーカーという格好だった。印刷所の社長の親戚というパク嬢は、年の割にざっくばらんな性格に加えて、にこやかな印象なので誰からも好かれた。パク嬢、来たの？　ぱっと喜んだ編集長の表情が、校正紙から顔を上げた彼女と目が合うとすぐに硬くなった。好奇心たっぷりのパク嬢の視線が編集長の視線をなぞって動き、彼女の顔で止まった。

まあ！

驚いたパク嬢に彼女は半ば笑いながら尋ねた。

仮製本、もう出来上がったの？

彼女の顔から視線を外せないまま、パク嬢が書類封筒を開けて仮製本を取り出した。

顔、どうしたんですか？

製作部のユン代理を振り返りながら、パク嬢がまた尋ねた。

ウンスク姉さんの顔、どうしたの？

ユン代理が答えずに首を振ると、パク嬢は大きく見開いた目で編集長を見た。

だから今日はすぐ帰るように言ったのに、あんなふうに頑固なんです。

初老の編集長がたばこを取り出してくわえた。椅子の後ろ側の窓を開けて頭を外に出し、頬がポコッとへこむほど煙を大きく吸っては吐き出した。何を着ていても疲れてぐったりしているように見える人だった。息子ほど年下の人にもきちんと敬称を付ける人。ちっぽけなこの出版社の社長兼編集長だけど、社長という呼び方は嫌いだと言って編集長とだけ呼ばせる人。刑事が彼女にその行方を追及した翻訳者の高校時代の同級生。

彼女がパク嬢と話し終えると、すぐ編集長がたばこの火をもみ消しながら言った。

キムさん、肉食べませんか？　私がおごりますから。あそこの三差路にある店の牛ハラミ肉。パク嬢も時間があったら一緒に食べに行こう。

編集長がひどく親切になったので、彼女は妙な気分になった。かつて深く考えてみたことがなかった疑問がふと浮かんだ。彼は彼女よりも先に、昨日の午前早くに西大門《ソデムン》警察署に行ってきた。彼は自身が何も知らないということを彼らにどうやって納得させたのだろうか。

結構です。

彼女は真顔で答えた。笑うと腫れた顔が痛むため、どうしようもなかった。

私、お肉は好きじゃありませんから。

そうそう、キムさんは肉が好きじゃなかったよね。

編集長が頭を何度も上下させた。

彼女は肉が好きではないというよりも、ロストルの上で肉が焼けていく瞬間が耐え難かった。肉片の上に血と肉汁がたまると顔をそらした。尾頭付きの魚を焼くときには目をつむった。フライパンが熱せられ、凍っていた目に水気が宿り、開いた口からぽたぽたと白っぽい粘液が流れ出る瞬間、死んだその魚が何か訴え掛けているような瞬間から顔を背けた。

だったら何を？　何を食べたいですか、キムさんは？

やりとりを聞いていたパク嬢が急いで口を挟んだ。

私、ここで高いものをおごってもらったら社長にしかられちゃいます。こないだ行った食堂にしましょうよ。

ユン代理も入れて四人で事務室の戸締まりをして出掛け、三差路の肉料理店の隣にある簡易食堂に行った。夏には親指の爪が真っ黒になった素足にスリッパを突っ掛け、冬には派手なキルティングの足袋に防寒ブーツを履く女主人が、白飯と一緒に家庭料理風の惣菜を出してくれる店だった。石油ストーブ脇の席に座って、彼らは料理が運ばれてくるのを待った。

パク嬢、幾つと言っていたかな？

もう五回目くらい繰り返し耳にした編集長の問いに、パク嬢は丁寧に答えた。

十九歳です。

チョン社長が叔父さんだと言っていたかな？

いいえ、父の従兄弟なんです。

遠戚の間柄なのに似ている二人の顔立ちと、そのせいで娘と勘違いされた幾つかの出来事についてパク嬢は開けっ広げに、にこにこしながら編集長に話して聞かせた。妻が臨月だというユン代理は、パク嬢が一言何か言うたびに失笑をこらえきれずにくっくっと笑った。

食事が終わるころ、編集長が彼女に尋ねた。

明日、検閲課には僕が行ってこようか。

生真面目な彼女が遠慮すると分かっていながらそう聞くのだった。

いつも私がしてきた仕事ですから。

だからさ、昨日も随分と苦労したっていうのに、僕はひどく済まない気がしてねえ。

その言葉尻についてよくよく考えてみながら、彼女は編集長の顔を見やった。彼はどんなふうにしてあそこから無事に戻ることができたのだろうか。ただありのままを話しただけなのだろうか。**キム・ウンスクが担当の編集者です。二人で清渓川沿いのベーカリーで会って最終校正をしました。そのほかには何も知りません。**ただ事実を言っただけなのに、良心というほろ苦いものが彼の心臓の辺りをそっと刺したのだろうか。

いいえ、いつも私がしてきた仕事ですから。

　彼女は少し前に言ったことを繰り返した。パク嬢をまねるように笑おうとして痛みを感じ、腫れた右頬が編集長に見えないように顔を横にそらした。

　皆が退勤した事務室で、彼女はチャコールグレーのマフラーを目のすぐ下まで引き上げて巻いた。石油ストーブの火が消えたかあらためて点検し、明かりをすべて消した後、電源のブレーカーまで落とした。暗くなった事務室のガラス戸を開けて外に出る直前、ためらったようにしばらく目を閉じてから開けた。

　夕方の風は冷たかった。外気に唯一触れた目元の肌が冷たかった。しかしバスに乗りたくはなかった。一日中椅子に座りっぱなしの勤務を終えた後、バス停五つ分の距離の家まで急がずに歩くひとときが彼女は好きだった。歩いている間、とりとめもなく浮かぶ思いを彼女は強いて払いのけはしなかった。

　あの男は左利きだから、左手で私の右頬をたたいたのだろうか。

　でもテーブルに校正紙を投げ付けるとき、ボールペンを差し出すときは明らかに右手を使っていたけれど。

　誰かを攻撃するときは、本能的に感情に関係する左手が動くのだろうか。

　車酔いする寸前のように舌の裏側が苦かった。喉と食道と胃から同時に感じる吐き気には慣れていたので、その慣れた感覚がいつものように君を思い出させたので、彼女は無理やり唾を飲み込んだ。それでも吐き気が治まらず、コートのポケットからガムを取り出して噛み始めた。

でもその手は、普通の男性よりも小さめではなかっただろうか。

モノトーンのハーフコートを着た男たちと白いマスクを着けた女子高校生たち、寒そうにふくらはぎを露わにした勤め帰りの女性たちの間を彼女はうなだれたまま歩いた。

どこでもよく目にする手、特に大きくも分厚くもない手ではなかっただろうか。

マフラーの下で依然として頬が腫れているのを感じながら彼女は歩いた。アカシアのきつい香りがするガムを、口の左側だけで噛みながら歩いた。どこにも逃げようとせず、何も言わずに、二度目に飛んでくるその手を、息を殺して待っていた自身を思い出しながら歩いた。

三つ目のビンタ

彼女は徳寿宮《トクスグン》前*2のバス停で降りる。昨日のようにマフラーを目の下まで引き上げて巻いている。マフラーで隠した頬の腫れはもう引いた。その代わり、ぴったり手のひら大の薄赤い痣がまだらのように残っている。

失礼します。

ソウル市役所前に着くと、体格のがっしりした私服警官が彼女の前に立ちはだかる。

かばんを開けてください。

こんな瞬間には自分の一部をしばらく引き離しておかなくてはいけないことを彼女は知っている。何度も折ってできた線に沿ってたやすく折り畳める紙のように、意識の一部が彼女から抜け落ちていく。恥ずかしがることなく、彼女はかばんを開けて中を見せる。ハンカチとアカシア味のガムとペンケースと仮製本、かさついた唇に塗るワセリンと手帳と財布が入っている。

どんなご用件ですか？

検閲課に来たのですけれど。出版社の社員です。

彼女は視線を上げて私服警官と向き合う。

彼の指示通りに、彼女は財布から住民登録証を取り出す。生理ナプキンが入っている布の巾着袋を彼が手で探る姿を、息を殺して見つめる。二日前に警察署の取調室でそうしたように。みぞれが降った四年前の四月、浪人の末に入った大学の食堂でそうしたように。

その日、学生食堂で彼女は遅いランチを取っていた。大きな物音がしてガラス戸が開き、学生たちが走り込んできた。その後から喚き声とともに私服刑事が入ってきた。食堂のあちこちに散っていく学生を追って棍棒を振り回す男たちの姿を、彼女は匙《さじ》を手にしたままぼうっと見つめた。刑事の一人がとりわけ興奮していた。柱脇のテーブルで、一人でカレーを食べていた太った男子学生の前で足を止めると、向かい側にあった折り畳み椅子を持って振り回した。男子学生の額からどっと血があふれ出て顔を覆った。彼女の手から匙が落ちた。それを拾おうと腰をかがめたとき、思わず床に落ちていたプリントを拾い上げた。太い文字が目に入ってきた。

虐殺者全斗煥《チョンドゥファン》*3を打倒せよ。その瞬間、がっしりした手が彼女の長く垂らした髪をつかんだ。プリントを取り上げて彼女を椅子から引っ張り上げた。

虐殺者全斗煥を打倒せよ。

熱いかみそりで胸に刻まれたようなその文章を思いながら、彼女は漆喰《しっくい》壁に掛けられた大統領の肖像写真を見上げる。顔はどのようにして内面を包み隠すのかと、彼女は考える。どのようにして無感覚を、残忍性を、殺人を隠蔽するのか。窓下の背もたれのない椅子に腰掛けて、彼女は指先の逆むけを剥ぎ取る。室内は暖かいけれど、マフラーを外すわけにはいかない。入れ墨のような頬の傷がラジエーターの熱気で火照る。

保安司令部の軍服を着た担当者が出版社の名前を呼び、彼女は窓口に近づく。パク嬢が昨日持ってきた仮製本を提出してから、二週間前に提出して審査済みの仮製本を持って帰りたいと彼女は窓口に告げる。

お待ちください。

額装された殺人者の肖像写真の下にドアがあり、そこには半透明のすりガラスがはめられている。そのドアの内側で検閲官たちが働いていることを彼女は知っている。一度も顔を見たことのない、軍服を着た中年の検閲官たちが机にびっしり本を広げている姿を彼女は思い描く。担当者は慣れた足取りでそのドアを開けて入り、三分余りしてから自席に戻ってくる。

ここにサインしてください。

担当者が帳簿を差し出したとき、彼女はためらう。彼が窓口に置いたばかりの仮製本の形が一見しただけで変だったからだ。

サインしてください。

帳簿に署名してから、彼女は仮製本を受け取る。

言葉はもう要らない。彼らは検閲の執刀を終え、その結果物を彼女に渡した。

窓口に背を向けて彼女は三、四歩、歩いていく。椅子と椅子の間で中腰になって仮製本をめくる。一カ月間、彼女がタイピングと原文対照と三度の校正を終えてほとんど暗記するまでになった、後は印刷の手順を踏むばかりの本だ。

ページが燃えた、彼女は最初そのように感じた。燃えて黒い炭の塊になった。

検閲課に仮製本を提出した後、指定の期日に受け取りに来るのは入社以来、彼女が毎月繰り返してきたことだった。三、四カ所、多くて十カ所余りの墨塗り部分を確認し、気落ちして会社に戻り、修正作業を経た仮製本を印刷所に渡したものだった。

しかし今度は違う。この仮製本の導入部十ページ程度は、半分以上の文章が墨塗りにされている。続く三十ページくらいは、ほとんどの文章が墨塗りで消されている。そのようにして五十ページを過ぎると、いちいち線を引くのが面倒になったのかインクに浸したローラーでページ全体が黒く塗りつぶされていた。ページの一枚一枚をたっぷり濡らしたインクのせいで、仮製本は三角柱に似た形に膨れている。

すぐ粉々になる黒い炭のようなそれを、彼女はかばんにしまった。炭ではなく鉄を入れたようにかばんが重い。どのようにその事務室から歩いて出てきたのか、どのように廊下を通り過ぎて私服警官が立っている正門から出てきたのか思い出せない。

この戯曲集はもう出版できない。最初から無駄骨折りだったのだ。

最初の十ページ辺りにちらほら生き残っている文章を、彼女は頭の中でたどってみる。

あなたたちを失った後、私たちの時間は夕暮れになりました。

私たちの家と街が夕暮れになりました。

これ以上暗くなりも、再び明るくなりもしない夕暮れの中で私たちは食べ、歩き、眠ります。

雑に継ぎ接《は》ぎされた文章、段落丸ごと黒く塗りつぶされた個所、たまたま形を現した単語を彼女は考える。**あなたを。私は。それは。多分。まさに。私たちの。全てのものが。あなたは。どうして。眺めます。あなたの目は。近くから遠くから。それは。はっきりと。今。さらに。かすかに。なぜあなたは。思い出しましたか。**炭になった文章と文章の間で、彼女は激しく息をする。なぜ噴水台からもう水を出しているんですか。祭りでもないのに、どうして水を出しているんですか。

剣を手にした将軍の黒い銅像*4を背にして、立ち止まらずに彼女は歩く。マフラーを目の下まで引き上げると息が苦しく、ずきずきする赤い頬を露わにしたまま歩く。

四つ目のビンタ

三つ目のビンタの次に四つ目のビンタが飛んできた。彼女は男の手が飛んでくるのを待っていた。いや、男の手が止まるのを待っていた。いや、何も待ってはいなかった。ただ引っぱたかれた。男がたたくままに引っぱたかれた。それを彼女は忘れなくてはならない。四つ目のビンタを今日忘れるのだ。

事務室の廊下の端にある洗面室で彼女は水道の栓をひねり、冷たい水に手を浸す。パーマをかけなくても縮れている長い髪を濡れた手でとかして整えてから、黒いゴムの髪留めでぎゅっと結ぶ。

彼女は化粧をしない。ワセリンのほかには唇に何も塗らない。おしろいで顔を白っぽくすること、派手な服を着たり踵《かかと》の高い靴を履いたりすること、香水をつけることをしない。今日は土曜日だから午後一時に仕事が終わるけど、昼食を共にする男友達はいない。短い大学生活の間に付き合った友人もいない。彼女はいつものようにおとなしく下宿部屋に戻るのだ。冷や飯を湯で温めて食べてから寝るのだ。眠りの中で四つ目のピンタを忘れるのだ。

洗面室を出て事務室に向かって歩く廊下は、真昼でも採光が良くない。キム・ウンスクさん、とうれしそうに呼ぶ声に彼女は振り向く。小窓から差し込む明かりを背にして闊達《かったつ》に歩いてくる、ソ先生の足どりだとすぐ気付く。よく通る声で彼があいさつする。

元気でしたか、キム・ウンスクさん?

こんにちは、彼女が目礼をすると、ソ先生の目が褐色の角縁の眼鏡越しに大きくなる。

あれ、顔どうしたんですか?

ちょっとけがしまして。

彼女は少し笑う。

どうしてまた顔を……

彼女が返事をためらっていると、彼はさりげなく話題を変える。

ムン社長、居ますか？

きょうは出社していないのですよ、結婚式があるとかで。

おや、ゆうべ電話で話したときは事務室に居ると言っていたのに。

彼女は黙って事務室のドアを開ける。

お入りください、先生。

応接用テーブルには薄黄色のレースが掛けてあり、そこに彼を案内する彼女の頬にけいれんが起きる。給湯室に彼女は入る。ずきずきする右頬に、緊張が感じられる左頬に、順に両手を当てる。落ち着こうと努めながらコーヒーを沸かす。彼女がその本を炭の塊にしたのではないのに、なぜうそがばれたみたいに手が震えるのか分からない。編集長は今、いや社長はどうして居ないのだろう。この気まずい席を避けようとしてわざと欠勤したのだろうか。

昨日の夕方に電話したとき、ムン社長はため息ばかりついていたけれど……いったいどれほど削除されたのか直接見に来たのです。

テーブルにコーヒーカップを置く彼女にソ先生が言う。

本が出せないとしても公演は行うつもりです。同じ人たちが検閲するから、問題にされた部分は削除するなり書き直すなりして、ひとまず通過させなくてはいけませんね。

彼女は自分の机に歩いていき、一番下の引き出しを開ける。仮製本を両手で持っていきテーブルに載せる。人の良さそうな笑みを、習慣的に口元に浮かべているソ先生と向き合って座る。彼は驚いた様子だったが、すぐ落ち着いて仮製本をめくりながら見始める。全体をインクローラーで塗りつぶした部分もいちいち確かめながら一枚一枚めくる。

申し訳ありません、先生。

版権を記した最終ページをめくる彼の手を見ながら彼女は言う。

本当に申し訳ありません。何と申し上げていいか。

キム・ウンスクさん。

彼女は目を上げて、ソ先生の当惑した顔を見る。

どうしてそんなふうにおっしゃるのですか、キム・ウンスクさん？

びくっとして彼女は目元を手で拭う。七つのビンタを張られても一度も泣かなかったのに、今なぜ急に涙がこぼれるのか分からない。

申し訳ありません。

とめどなく湧き出る泉のようにあふれる涙を、さっと両手で拭いながら彼女は言う。

本当に申し訳ありません、先生。

どうしてあなたが申し訳ないなんて言うのですか？　なぜ私に謝るのですか。

ソ先生がテーブルに仮製本を置く。それを自分の方に引き寄せようとした彼女の手が、うっかりコーヒーカップに当たってコーヒーがこぼれる。ソ先生の手が素早く仮製本を持ち上げる。濡れないように。墨で塗り消されたその本の中にまだ何かが残ってでもいたかのように。

五つ目のビンタ

日曜日だから寝坊するつもりだったのに、いつものように四時にもならないうちに彼女は目を覚ました。

暗がりの中にしばらくしゃがみ込んでから台所に行った。水を一口飲み、もう眠気が来そうもないので洗濯をし始めた。明るい色の靴下とハンカチ、白いシャツを小容量の洗濯機に入れて回した。ダークグレーのセーターと下着は手もみ洗いをして、笊《ざる》に広げ乾かした。ジーンズは色物がたまるまで洗濯籠に入れておくことにした。洗濯機が回る規則的な音を聞きながら台所の床にしゃがみ込んでいると、またうとうとと眠気が訪れた。

そうだ、寝よう。

部屋に入って目を閉じるとすぐに固い敷き布団、油紙を張った固いオンドル床と共に彼女の上半身が硬くなり下降し始めた。あがくことも、うめくこともできなかった。徐々に下降が止まると、今度は空間が狭くなりだした。巨大なコンクリート壁のようなものが彼女の胸と額を、背中と後頭部を同時に挟んで強く押しつぶした。

息を荒らげながら彼女は目を開けた。最後の脱水コースに入る洗濯機の音が聞こえた。暗がりの中でもうしばらく待っていると、息が絶えるように洗濯機が止まる高い信号音が聞こえた。体を起こさないまま、彼女は暗がりの方に目を見開いていた。まだ四つ目のビンタも忘れることができないのに、今日は五つ目のビンタを忘れなくてはいけない。これ以上は数えまい、と思った五つ目のビンタ。皮膚が剥ぎ取られてひりひり痛むように感じた、頬骨辺りから血が出始めたであろう五つ目のビンタ。

洗面場に張り渡した紐に洗濯物を干して部屋に戻ったけれど、夜が明けるまではまだ時間があった。

布団を畳んで箪笥の上に載せ、机の上を片付けて引き出しを整理したけれど、夜明けはまだ遠かった。化粧台代わりにしている四つ足膳まできれいに整え、その上に立て掛けた姿見の前で彼女はしばらく手を休めた。鏡の内側はいつものように静かで冷たい世界だった。その世界で眺めている見慣れた自分の顔を、まだ痣で青みがかった頬を彼女は何げなく見つめた。

誰からも愛らしい顔立ちだと言われていた時期があった。目も鼻も口もちょっぴりつんと前に出ているところが、かえってかわいいね、髪はまるで黒人ダンサーみたいだね、美容室でパーマをかけなくてもいいよね。だけど十九歳の夏を過ぎると、誰も彼女のことをそんなふうには言わなかった。もう彼女は二十四歳で、人々は彼女にきれいであることを期待した。林檎のように頬が赤いことを、きらめく生の喜びが愛くるしいえくぼにあふれることを望んだ。しかし彼女自身は早く老いることを願った。いまいましい命があまり長く続かなければいいと思った。

彼女は濡れ雑巾で部屋の隅々を拭いた。雑巾を洗って干して戻り、机の前に座ったものの、明るくなるまでには遠かった。何も読まずにじっと座っていようとしたら空腹を覚えた。母が送ってくれた早稲米《わせ》を茶わんによそって再び机の前に座った。黙々とご飯を咀嚼《そしゃく》しながら彼女は思った。後ろ暗いところがある、食べるということには、と。なじんだ恥辱の中で彼女は亡くなった人たちのことを思った。あの人たちはもう永遠に空腹ではないのだ、生きていないのだから。でも彼女は生きていて空腹だった。この五年間、彼女を執拗に苦しめてきたことがまさにそれだった。空腹のせいで、食べ物に食欲をそそられること。

その年の冬、入試に失敗して家に閉じこもっている彼女に母親は言った。もう開き直って生きていったらどうだい。見ていてつらいからそう言うのだよ。ただ全部忘れて人並に大学に行って、何とか暮らせるくらいは自分で稼いで、いい人と出会って暮らして……そうやって母さんの荷を軽くしてくれたらどうなんだい。

誰の荷物にもなりたくなかったから、彼女はまた勉強した。なるべく遠くに行こうという思いからソウルにある大学に願書を出した。もちろんそこは隠れ家ではなかった。私服警官が校内に常駐し、彼らに連行された学生は最前線に強制入隊させられた。リスクが大きいため、集会はしょっちゅう開くことができなかった。その代わり人生を懸けた闘いだった。中央図書館のガラス窓が内側から割れて長い垂れ幕が外壁沿いに垂らされると、それが合図だった。殺人鬼の全斗煥を打倒せよ。屋上の柱にロープを結び、自分の体にも巻いてから飛び降りる学生もいた。私服警官が上がってきてロープを引き寄せる時間を稼ごうとする狙いだった。彼がロープにしがみついたままプリントをばらまき、スローガンを叫んでいる間、三、四十人のまだ幼く見える男女の学生が図書館前の広場でスクラムを組んで歌った。鎮圧が乱暴で迅速だったために、一曲を最後まで歌い終えることはなかった。それを遠くから見つめた日の夜には、彼女はよく寝つけなかった。寝入ってもうなされてすぐ目が覚めた。

彼女の父親が脳出血で右半身が不自由になったのは、最初の期末試験が終わった六月だった。伝手《つて》で薬局の補助員の働き口を得た母親が、生計をやりくりし始めた。彼女は休学した。昼は父親の世話をし、母親が退勤した後は市内のベーカリーで、閉店する夜十時までパンの包装と給仕係のアルバイトをした。しばらく寝て夜明けに起き、二人の弟の弁当を作った。年が明けて、父親が自分でご飯をこしらえられる程度に日々の作業ができるようになると彼女は復学したが、一学期後には学費を稼ぐために再び休学した。そのように休み休みしながら二学年まで終えた後、結局は卒業をあきらめ、教授の推薦でこの小さな出版社に入った。

その経緯を母親は心から済まながったが、彼女の考えは違った。家庭の事情が悪くなかったとしても、彼女は大学を卒業できなかったことだろう。結局はあの幼い学生たちのスクラムの中に歩み入ったことだろう。できる限り最後までその中で持ちこたえたことだろう。一人生き残ることを何よりも恐れたことだろう。

最初から生き残ろうとしたのではなかった。

その日、家に戻って清潔な服に着替えた後、彼女は母親に黙って家を出て尚武館に戻っていった。夕闇が迫るころだった。講堂の入り口が閉まっている上、辺りに誰も居ず、彼女は道庁に向かった。市民課前の廊下にも人けがなかった。市民軍が皆移さずに残しておいたのか、彼女とソンジュ姉さんが収拾したときの姿のまま、幾人かの遺体が悪臭の中で腐敗しつつあった。

別館に渡っていくとロビーに人が居た。構内食堂の炊事チームで見かけたことのある大学生の姉さんが、彼女の名を呼んだ。

女性は二階に集まっているわ。

女子大生に付いて二階の廊下の端の小部屋に入ったとき、女性たちは討論をしているところだった。

私たちも銃を持たなくてはいけないと思います。一人でも多く、一緒に戦わなくては。

それを誰が強要できるでしょうか、自ら望む人だけが銃を手にしましょう。覚悟のできている人だけが。

テーブルの端に座り、片手を顎に当てているソンジュ姉さんを見つけ、彼女はその横に行って座った。ソンジュ姉さんは黙ってほほ笑んだ。その討論でソンジュ姉さんはいつものように言葉少なだったが、討論の終わりには銃を取る方を選ぶと、落ち着いた様子で言った。

チンス兄さんがノックをしてその部屋に入ってきたのは十一時ごろだった。無線電話機を持ち歩く姿はいつも見ていたが、銃まで担いだ姿は初めてだったので見慣れない気がした。三名、残ってくれませんか、と彼は言った。朝まで市民に呼び掛ける街頭放送係の三人だけでいいです。ほかの人は家に帰ってください。

少し前の討論会で、銃を手にすると言った三人がおのずと前に進み出た。

私たちも最後まで一緒に居たいです。一階から彼女を連れてきた、炊事チームの大学生の姉さんが言った。一緒に居ようと思ってここに来たのですから。

チンス兄さんがどのように女性たちを説得したのか、彼女は後になって正確に思い出せなかった。記憶したくなくて忘れたのかもしれなかった。女性たちを道庁に残して一緒に死んだら市民軍の名誉が傷つくだろう、と言った彼の言葉がかすかに浮かんだけれど、その言葉が真っすぐ彼女に届いたのか確信できなかった。死んでも構わないと思いはしたが、同時に死を避けたくもあった。亡くなった人々の姿をたくさん見たために鈍感になったのだと思ったが、だからなおさら怖かった。口を広げ体に穴が開いたまま、半透明の内臓をあふれ出させながら息絶えたくはなかった。

残ることにした女性三人の中では、ソンジュ姉さんが護身用にカービン小銃を受け取った。ソンジュ姉さんはその扱い方について簡単な説明を聞いてから銃を不格好に肩に掛け、特に振り返ってあいさつもしないまま女子大生二人に付いて一階に下りていった。彼女たちにチンス兄さんが言った。

人々が家から外に出るように呼び掛けてください。夜が明けたら直ちに道庁前が市民でびっしり埋め尽くされているように。僕たちは、何としても朝までは持ちこたえるつもりです。

残りの女性たちは午前一時ごろ道庁を出た。チンス兄さんが別の大学生と一緒に南洞聖堂《ナムドン》[*5]の路地まで付いてきてくれた。薄暗い街灯に照らされた路地の入り口で、彼らは立ち止まった。

ここで解散してください。どこかの家に入るなりして隠れてください。

彼女に魂があったとしたら、そのときに砕け散った。汗で濡れたシャツにカービン小銃を担いだチンス兄さんが女性たちにあいさつするために笑ってみせたとき。暗い道を道庁の方に引き返していく彼らの後ろ姿を、凍り付いたように見つめたとき。いや、道庁を出る前に君を見たとき、魂は既に砕け散っていた。空色のトレーナーの上に教練服のジャンパーを引っ掛けた、まだ幼い子どもみたいに小さな肩に銃を担いでうなずいている君を見つけて、彼女は驚きながら呼んだ。トンホ、どうして家に帰らなかったの？　弾の装填《そうてん》方法を説明していた青年の前に彼女は割って入った。この子は中学生なんです。家に帰らせなくては。青年は驚いた様子だった。高校二年生だと言うので、そうとばかり思っていたけど……さっき高校一年生まで帰らせたときに、この子は帰らなかったんですよ。彼女は低い声で抗議した。話にならないわ。どう見たってこの顔が高校生のはずはないでしょう。

チンス兄さんの後ろ姿が暗がりの中に完全に消えると、女性たちは散り散りになり始めた。炊事チームの女子大生が彼女に聞いた。この近くに知り合いの家はある？　彼女が首を横に振ると、女子大生が提案した。私と全大病院に行きましょう。そこに母方の従姉妹が入院しているの。

全大付属病院のロビーは暗く、入り口は閉まっていた。しばらくドアをたたいていると、警備員が懐中電灯を手にして現れた。看護師長もその後から現れた。皆、緊張の面持ちだった。軍人がやって来たと思ったのだ。

廊下も非常階段も照明が消されていた。懐中電灯を持った警備員の案内で、女子大生の従姉妹が入院している六人部屋に入った。綿入れ布団を窓に掛けた室内は漆黒のように暗かった。患者とその保護者らは暗がりの中で起きていた。女子大生の叔母さんが、姪《めい》の手を握ってささやくように聞いた。どうしよう。軍人が入ってくるそうよ。けが人は皆、銃殺されるんだって。

彼女が窓下の壁にもたれて座ると、近くのベッドに居る患者の保護者とおぼしいおじさんが言った。

窓の横に座らんように、危ないからな。

暗くて彼の顔は見えなかった。

軍人が退却した日にも銃弾が飛んできて、そこの窓辺に掛けておいた服に穴が開いたんだよ。人が立っていたらどうなったことか。

彼女は窓から横に二歩離れて座った。

呼吸が乱れている重症の患者が居るため、二十分置きに看護師が懐中電灯を手にして入ってきた。サーチライトのような光が病室の隅々を照らすたびに、恐怖で身を硬くした患者と保護者の顔が現れた。どうしよう。軍人が本当にこの病室にまで攻め込んでくるって。みんな銃殺されそうだったら、夜が明け次第すぐ退院しなくてはいけないかしら。この子は意識が戻ってまだ一日しかたっていないのに、縫った傷口がまた開いたらどうしよう。女子大生の叔母さんがささやき声で尋ねるたびに、姪はさらに声をひそめながら答えた。私にも分からないわ、叔母さん。

どれほど時間が過ぎたのだろう。遠くから聞こえてくるか細い声に、彼女は窓の方を振り向いた。メガホンを手にした女性の声が次第に近くなった。ソンジュ姉さんではなかった。

市民の皆さん、道庁においでください。今、戒厳軍が市内に入ろうとしています。

巨大な風船のような沈黙が、病室の隅々に向かって膨れ上がるのを彼女は感じた。トラックが病院前の道に差し掛かり、声が大きく鮮明になった。

私たちは最後まで戦うつもりです。表に出て共に戦ってください。

その声が遠ざかって十分もしないうちに軍人の足音が聞こえた。そのような音を彼女は初めて聞いた。数千人の断固とした、歩調を合わせた軍靴の足音。歩道がひび割れ、壁が崩れるような装甲車の音。彼女は膝の間に顔をうずめた。どこかのベッドで幼い患者が哀願した。母ちゃん、窓閉めて。閉めたよ。もっと閉めて。ちゃんと閉めたってば。ようやくその音が通り過ぎると、また街頭放送が聞こえた。そのかすかな声は、都心の沈黙を突っ切って、数区画先から聞こえてきた。皆さん、すぐ出てきてください。戒厳軍が入ってきています。

ついに道庁の方から銃声が聞こえたとき、彼女は寝入っていなかった。耳をふさいでも、目を閉じてもいなかった。うなだれも、うめきもしなかった。ただ君のことを思い出した。君を連れていこうとしたら、君は階段の方にすばしこく突っ走った。おびえた顔で、まるで突っ走ることだけが生きる道であるかのように。一緒に帰ろうよ、ねえトンホ。今一緒に出なきゃ。危なっかしく二階の欄干につかまって立ち、君は震えた。最後に目が合ったとき、生きたくて、怖くて、君のまぶたは震えた。

六つ目のビンタ

検閲をどうやって通過するつもりなんだろう？　ソ先生の劇団のスタッフという青年がさっき渡してくれた招待券を見つめながら、編集長がつぶやいた。独り言のようだけど、彼女に聞いたものだった。

最初からまた台本を書いているのかな？　公演まであと半月もないのに……どうやって稽古

をするつもりだろうか。

彼とソ先生の計画は、今週に戯曲集を出版して、来週に日刊紙の文芸欄に批評記事が載るようにする、というものだった。劇団としては公演をアピールできる良い機会だった。公演期間中はユン代理が出掛けて、劇場の入り口で戯曲集を販売する予定だった。しかし検閲のために出版が雲散霧消したからには、内容が同じ演劇の公演も成り行きとして立ち消えになるはずだった。ところがどういう考えからか、ソ先生が予定通りに招待券を届けたのだ。

事務室のドアが騒がしく開いた。ユン代理が本の入った箱を抱えて入ってきた。眼鏡のレンズが室内の暖かい空気で白く曇っていた。

ちょっと、誰か眼鏡を取ってくれませんか。

彼女が飛んでいってユン代理の眼鏡を外してあげた。ユン代理は息をはずませながら、来客用のテーブルの横に箱を下ろした。彼女はカッターナイフで箱を開け、本を二冊取り出した。一冊を編集長に持っていった後、もう一冊に目を通した。指名手配中の翻訳者の名前の代わりに、アメリカに移住したという編集長の親戚の名前を記した本だった。心配していたこの本は、意外にも検閲課で二つの段落を削除されただけで無事に印刷所に渡された。

彼女はテーブルに新聞紙を二枚重ねて敷き、ユン代理と一緒に箱から本を取り出した。出版社のロゴが印刷された封筒に本と報道資料を同封し、明朝に配る報道機関ごとにきちんと積んだ。

うまくいったね。

独り言のように編集長が彼女に言った。空咳をしてからもう一度ちゃんと言った。

本当にうまくいきましたね。後片付けをして今日は皆、早く帰りましょう。

編集長が老眼鏡を外して立ち上がった。彼がコートを着ようとしたとき、袖に右腕を通せず困っていた。冬場に入って五十肩が悪化した様子だった。彼女は作業の手を休めて彼に近づき、袖に通してあげた。

ありがとう、キムさん。

おびえたようにも見える善良そうな彼の目、年の割に早くしわができた首筋を彼女は見た。こんなに臆病で柔弱な人が、当局ににらまれている筆者らと親密な関係を保ち、当局ににらまれる本をこつこつ出版している理由について、ふと考えを巡らした。

編集長の後に付いてすぐユン代理が退社すると、彼女は事務室に一人残った。

早く家に帰る気になれず、出来たばかりの本に向き合って机の前に座った。翻訳者の顔を思い浮かべようとしたが、どういう訳か顔立ちの細部が思い出せなかった。痣が引いた右頬を軽くなでてみたが痛くはなかった。指先で押してみると、ほとんど疼きとは言えないかすかな刺激が感じられた。

新刊は群衆を主題にした人文書だった。著者はイギリス出身で、事例の大半を近現代ヨーロッパから引いていた。フランス革命とスペイン内戦、第二次世界大戦。検閲に引っ掛かる恐れのある六八革命[*6]に関する章は、翻訳者が前もって削除した。後日の完全な改訂版を約束して、彼は序文に記した。

群衆の道徳性を左右する決定的な要因が何なのかはまだ明らかになっていない。興味深い事実は、群衆をつくる個々人の道徳的水準とは別に特定の倫理的な波動が現場で発生するということだ。ある群衆は商店での略奪や殺人、強姦をためらわず、ある群衆は個人であればたどり着き難いはずの利他性と勇気を獲得する。後者の個々人は、特別に崇高だったというよりも人間が根本的に備えている崇高さが群衆の力を借りて発現されたものであり、前者の個々人が特別に野蛮だったのではなく、人間の根源的な野蛮さが群衆の力を借りて極大化されたものだと筆者は語っている。

その次の段落は、検閲のため本にきちんとは収録できなかった。だとしたら我々に残された問いはこうだ。人間とは何なのか。人間が何かでないために我々は何をしなくてはならないのか。続いて墨塗りされた四行の文章を彼女は思い出した。翻訳者の太った顎と古びた紺色のジャンパー、血の気がなく黄ばんだ顔色を思い出した。水の入ったコップをなでまわす、長くて浅黒い爪を思い出した。しかし正確な目鼻立ちは最後まで思い浮かばなかった。彼女は本を閉じて待った。窓の外がもっと暗くなるのを待った。彼女は人間を信じなかった。どんな表情も、どんな真実も、いかなる流麗な文章も完全には信頼しなかった。ひたすら粘り強い疑いと冷たい問いの中で生きていかなくてはならないことを知っていた。

その日の午前、噴水台は水を噴き上げていなかった。道庁の塀の前に放り出された遺体の横に、銃を担いだ軍人が新たな遺体の足をつかんで引きずってきた。遺体の背中と後頭部がぞんざいに地面にこすられて飛び跳ねた。何人かの軍人は大きな防水毛布を広げてその四隅を持ち、道庁の中庭から十余人の遺体をいっぺんにかき集めて運び出してきた。遠くからその光景を横目で眺めながらのろのろと歩いていたとき、さっと近づいてきた三人の軍人が彼女の胸元に銃を向けた。どこから来たのか。叔母を見舞って帰宅するところです。平静を装って答える彼女の鼻溝が震えた。

彼らの命じるままに広場を背にして、大仁市場の入り口まで歩いたとき、巨大な装甲車の列が轟音を立てながら大通りを行進して通り過ぎた。全て終わったってことを皆に見せつけようとしているんだわ、ふと彼女はそう思った。皆殺しにしたってことを。

大学街にほど近い彼女の家の町内は、感染症が通り過ぎたかのように人けがなく、異様な雰囲気だった。彼女が呼び鈴を押すと、父親は待ちわびていたように走り寄って彼女を中に入れ、すぐ玄関に鍵を掛けた。屋根裏に彼女を隠した後、屋根裏への出入り口が目立たないように、その前にファンシーケースを運んできて置いた。午後から軍人の足音が聞こえた。引き戸を開けて誰かを引っ張り出す音、何かが砕ける音、哀願する声などが聞こえてきた。違いますよ、うちの息子はデモなんかしませんでしたよ、銃みたいなものは触ってみたこともないですよ。彼らは彼女の家の呼び鈴も押した。庭にびりびり響くような大声で父親が答えた。うちの娘は高三ですよ。息子たちはまだ中学生と小学生なのに、デモなんかするものですか。

翌日の夕方、彼女が屋根裏から下りてきたとき母親は、光州市役所の清掃車が遺体を積んで共同墓地に運んでいったと言った。噴水台の前に投げ出された遺体だけでなく、尚武館に置かれていた柩と身元未確認の遺体まで全部積んでいったと言った。

官公庁と学校が、閉めていた門を開けた。シャッターを下ろしていた商店も営業を始めた。戒厳令は続いていたので、夕方七時以降は通行が禁止された。通行禁止前であっても軍人による検問と検索が随時行われ、身分証を持たずに外出した人たちは連行された。

授業時間の不足を補うために、大方の学校が八月初旬まで授業をした。夏休みになるまで彼女は毎日、バス停横の公衆電話ボックスから道庁の市民課に電話した。噴水台から水を出してはいけないと思います、どうか水道の栓を閉めてください。手のひらににじんだ汗で受話器がべとついた。ええ、検討してみます。市民課の職員は我慢強く彼女の電話に応対した。ただ一度だけ、年かさのいった女性が言った。電話はもうおやめなさい、学生さん。学生みたいだけど、そうでしょ。噴水台は水が出るようになっているんだから仕方がないじゃないの。もうさっぱり忘れて、これからは勉強しなさいな。

暗くなっていく窓の外に白いものが舞い始めた。

もう帰る時間だったが、彼女は身じろぎもせず椅子に座っていた。雪は挽《ひ》きたての米粉のように軽くて柔らかそうに見えた。しかしそれが美しいことはもはやあり得ないと彼女は思った。今日は六つ目のビンタを忘れなくてはならない日だけど、頬は既に癒えてほとんど痛みが感じられなかった。だから明日になって七つ目のビンタを忘れる必要はなかった。七つ目のビンタを忘れる日はやって来ないのだ。

雪片

暗転した後に舞台が徐々に明るくなる。背が高くてほっそりした三十代の女が、目の粗い木綿のチマを着て舞台の中央に立っている。女が黙ったまま首を回し舞台の左の方を見ると、黒い服に身を包んだすらりと背の高い男が、等身大の骸骨を背負って中央に近づく。宙を滑るようにゆっくりと素足を動かす。

もう一度、女が無言で首を回して舞台の右側を見る。今度は小柄でがっしりした体格の男が黒い服を着て、等身大の骸骨を背負って中央に向かって歩いてくる。二人の男はスローモーション映像のように左右両側から軽やかな身のこなしでやって来て、あたかも互いが見えないかのように中央ですれ違い、反対の方へ進んでいく。

客席はぎっしり埋まっている。初演だからか、前の方に座った人たちのほとんどは演劇や報道機関の関係者のように見える。編集長と一緒に席を探していた彼女がふと振り向くと、私服刑事とおぼしい男たちが三、四人ばらばらに座っていた。ソ先生はどうするつもりだろうか、と彼女は思った。検閲課で削除したせりふが俳優の口から出たら、あの男たちは立ち上がるのだろうか。素早く舞台に上がって俳優たちに襲い掛かるのだろうか。学生食堂でカレーを食べていた男子学生に椅子を振り回したように。首が後ろに曲がるほど、彼女の頬を七回引っぱたいたように。照明室で見守っている制作陣はどうなるのだろう。ソ先生は逮捕されたり指名手配されたりして、二度と会えなくなるのだろうか。

夢の中のようにのろい歩みで男たちの姿が舞台から消えたとき、女が話し始める。いや、話し始めたようだ。いや、女は何も話していない。声もなく唇を上下させているだけだ。その唇の形を彼女ははっきりと読むことができる。ソ先生が原稿用紙にペンで書いた戯曲を、彼女が直接入力して最終校正までしたからだ。

あなたが死んだ後、葬式ができず、
私の生が葬式になりました。

背中を客席に向けたまま女が振り向く。同時に客席中央の長い通路に照明が当たる。継ぎ接ぎだらけの古びた麻服を引っ掛けた、がっしりした体格の男が通路の端に立っている。激しい息遣いで、彼が舞台に向かって歩いてくる。表情と動作が超然としていた先ほどの男とは違って、彼の顔はゆがんでいる。両腕が力いっぱい宙に伸び上がる。喉が渇いた魚のように彼の唇が上下する。声を高くすべき部分でうめき声のように、キイッ、キッという音が出る。その唇も彼女は読みとる。

おい、戻っておいでよ。
おーい、私が名前を呼ぶから今すぐ戻っておいでよ。

これ以上遅れたら駄目だよ。今すぐ戻っておいでよ。

戸惑ったような最初のざわめきが客席をさっと一掃きして過ぎた後、観客たちは今、恐ろしいほどの沈黙と集中力で俳優たちの唇を凝視している。通路の照明が暗くなる。舞台中央の女が客席に向かって体を回す。相変わらず声もなく、招魂しながら歩いてくる男を落ち着いて見つめる。唇を開けて上下させる。

あなたが死んだ後に葬式ができず、
あなたを見ていた私の目が寺院になりました。
あなたの声を聞いていた私の耳が寺院になりました。
あなたの息を吸い込んでいた肺が寺院になりました。

まるで目を開けたまま夢を見ているように、宙に向かってキイッ、キッと声を出しながら女が唇を動かしている間、麻服の男が舞台に立つ。両腕を宙にぶんぶん振り回しながら女の肩をかすめて行き過ぎる。

春に咲く花々、柳、雨粒と雪片が寺院になりました。
日ごとに訪れる朝、日ごとに訪れる夕暮れが寺院になりました。

まばゆい照明が再び客席の間に降り注ぐ。前方の席で彼女が振り向くと、十一、二歳に見える幼い少年が、いつの間にか通路の真ん中に立っている。白い半袖のトレーナーの上下に白いスニーカーを履き、寒そうに小さな髑髏《どくろ》を胸に抱き締めている。少年が舞台に向かって歩き始めると、四つ足の獣のように腰を九十度に曲げた俳優の群れが、暗い通路の奥から現れて後に続く。男女入り交じった十余人のその群れは、黒い髪を奇怪に垂らしたまま行進する。絶え間なく唇を上下させながら、キイッ、クウッ、とうめき声を上げつつしきりに頭を揺らす。声が大きくなるたびに何度も振り返りながら、もじもじためらっている少年を追い越し、彼らが先に舞台の階段にたどり着く。

首を後ろに曲げたままその姿を見つめていた彼女の唇が思わず上下に動く。俳優たちを真似るように喉を使わず呼ぶ。**トンホ。**

行列の端に居た若い男が、前かがみの姿勢から体をぱっと後ろにひねり、少年から髑髏を奪って手に持つ。垂らした手から手へと渡された髑髏が、行列の先頭で腰を九十度に曲げた老女の手に渡って止まる。白髪交じりの髪を解き下ろした老女は、髑髏を抱いて舞台に上がっていく。舞台の中央に居た、白い服の女と麻服の男がおとなしく道を空ける。

今、動いているのは老女だけだ。

その歩みがあまりにも遅く静かで、一人の観客の咳払いがはるか遠い外界のもののように聞こえる。少年が動きだしたのはその瞬間だ。あっという間に少年は舞台に飛び上がり、老女の曲がった腰にぴたっと体をくっつける。おんぶされた幼子のように、霊魂のように、こっそりと後に付いていく。

……トンホ。

彼女は下唇の内側を噛みしめる。色とりどりの弔いの幟《のぼり》が一斉に舞台の天井から下りてくるのを見る。舞台の下に四つ足の獣のように集まっていた俳優たちが突然、真っすぐ腰を伸ばす。老女が立ち止まる。おんぶされた幼子のようにぴったりくっついて歩いていた少年が、客席の方に体を回す。その顔を真っすぐ見ないように彼女は目をつむる。

君が死んだ後に葬式ができず、私の生が葬式になった。

君が防水毛布に包まれ、清掃車に積まれていった後に。

許し難い水しぶきが、きらめきながら噴水台から噴き上がった後に。

至る所で寺院のともし火が燃えていた。

春に咲く花々の中で、雪片の中で。日ごとに訪れる夕暮れの中で。飲み終えた空き瓶に君が挿したろうそくの炎が。

熱い膿《うみ》のような涙を拭いもせず、彼女は目を見開く。声もなく唇を動かす少年の顔を穴が開くほど凝視する。

＊1【清渓川】ソウル市の都心を流れる川。長い間、暗渠になっていたが、近年になり市民の親水空間として整備され、観光名所の一つにもなっている。

＊2【徳寿宮】韓国の五大王宮の一つ。ソウル市都心部の高層建築が立ち並ぶ一角にある。

＊3【全斗煥】一九三一年生まれ。韓国の第十一・十二代大統領（在任＝一九八〇～一九八八年）。一九七九年に保安司令官になり、同年十月に起きた朴正熙暗殺事件の捜査指揮と粛軍クーデターで実権を掌握した。光州事件発生前日の一九八〇年五月十七日に非常戒厳令拡大措置を実施。同年九月に大統領に就任した。光州事件などで逮捕、死刑判決を言い渡されたが、後に特赦された。

＊4【剣を手にした将軍の黒い銅像】ソウル都心部、鍾路区世宗路の中央に立つ李舜臣将軍の銅像。

＊5【南洞聖堂】光州広域市東区南洞にあるカトリック教会。光州民主化抗争ゆかりの地の一つ。

＊6【六八革命】パリ五月革命をはじめ、一九六八年に世界各地で起きた一連の学生運動や社会運動を指す。

四章　鉄と血

ありきたりのボールペンでした。モナミの黒のボールペン。[*1] それで指の間を縫うように挟み込みました。

そりゃあ左手ですよ。右手では調書を書かなくてはいけないから。

ええ、そんなふうにひねりました。こっち側にもこんなふうに。

最初は何とか我慢できました。でも、取り調べのたびに指の同じ部分をそうするものだから、傷が深くなりました。血と粘液が混じって流れました。後になると、この部分に白い骨がのぞき見えました。骨が見えるようになると、アルコールに浸した脱脂綿をそこに挟むんですよ。

私が収監された部屋には男ばかり九十人ほど居たのですが、その半数以上が同じ所に脱脂綿を挟んでいました。私語は禁止されていました。指の間に挟んだ脱脂綿を目で確かめると、しばらく向き合ってから顔を背けました。

私もそう思いました。骨が見えるくらいになったのだから、そこはもうやめるだろうと。ところが、そうじゃありませんでした。さらに苦痛を与えると分かっていながら、脱脂綿を外してからもっと深くボールペンを挟んでひねったんです。

＊

鉄格子で閉め切った五つの部屋が扇形に広がっていて、銃を肩にした軍人が中央で私たちを監視していました。部屋に押し込まれてすぐは、私たちの誰も口を開きませんでした。幼い高校生たちも、ここはどこかなどと聞きはしませんでした。互いの顔を見ないまま黙りこくっていました。あの夜明けに経験したことを受け入れる時間が必要だったのです。その一時間余りの絶望的な沈黙が、そこで私たちが人間として守ることのできた最後の品位でした。

＊

モナミの黒のボールペンは、取調室に入ったらいつも用意されている最初の手順でした。ここでは自らの体すら自分のものではない、まずそれを思い知らせておくという狙いのようでした。自分の生の何一つ自分の思い通りにはならないのだということを、許されているのはひたすら狂おしいほどの痛み、大小便を漏らすほどのものすごい痛みだけなのだということを。

その手順が済むと、彼らはおもむろに尋問を始めました。私がどのように答えようと、小銃の台尻が顔に向かって飛んできました。本能的に私は両腕で頭を覆って、壁の方に後ずさりしました。私が倒れると、彼らは背中と腰を踏みつけました。息が止まるような気がして体の向きを変えると、軍靴で向こう脛を踏みつけられました。

*

取調室から雑居房に戻ったからといって、体が休まるわけではありませんでした。

全員が正座をして、正面の鉄格子窓を真っすぐ見つめなくてはなりませんでした。目を動かしただけでも、たばこの火で焼くぞと下士官の一人が言い、実際に見せしめとして、ある中年男性のまぶたにたばこの火をこすりつけました。何げなく手を動かして顔を触った高校生を、気絶してぐったりするまで殴り、踏みつけました。

狭い空間に百人近い男がぎっしり座っていたために、雨のように体中から汗が流れました。首筋をもぞもぞと這い落ちるのが汗なのか虫なのか見分けることも、確かめることもできませんでした。汗が出た分だけ喉が渇いて焼け付きそうでしたが、水を飲めるのは日に三度、食事時だけでした。小便さえ手にすくい取って飲みたい衝動に駆られた、動物的な渇きを思い出します。急に眠り込んでしまうかもしれないという恐怖、彼らがいつでも近づいてきて、私のまぶたにたばこの火をこすりつけるだろうという恐怖を覚えています。

そしてひもじさを思い出します。くぼんだ上まぶたに、額に、脳天に、襟首に、ほの白い吸盤みたいにしつこくへばりついていたひもじさ。それが徐々に魂を吸い込んで、泡のように白っぽく膨れ上がった魂が今にもはじけそうだった、はるか遠い瞬間を思い出します。

*

そこでの一食分の食事は、プレートに載せた一握りの飯と茶わん半分の汁、キムチが全てでした。それを私たちは二人一組で分け合って食べました。キム・チンスとペアになったとき、徐々に魂が抜けていって獣のような状態になっていた私はほっとしました。彼はがつがつ大食いするような人間ではありませんでしたからね。顔は青白く、目元は病人みたいに暗かったですからね。両目は生気も表情もなく、うつろに光っていましたからね。

一カ月前に彼の訃報に接したとき、真っ先に思い浮かんだのがまさにその目でした。水っぽい豆もやし汁から豆もやしをつまんで食べかけて、はっと私を見た目。彼が豆もやしをすっかり食べてしまわないか緊張していた私を、もぐもぐ動かしている彼の唇を嫌悪しながらにらみつけていた私を黙って見つめていた、私とそっくり同じ獣だった彼の冷たくてうつろな両目。

*

私には分かりません。

キム・チンスがなぜ死んで、彼と同じ組になって一緒に飯を食べていた私がなぜまだ生きているのか。

キム・チンスの方がより苦痛を受けたのでしょうか。

いいえ、私も十分に苦痛を受けました。

キム・チンスの方がさらに眠れなかったのでしょうか。

いいえ、私も眠れません。一日として十分に眠れません。生きている限りずっとそうでしょう。

電話で先生に初めてキム・チンスについて聞かれてから、私は考えてみました。もう一度電話してきた先生とここで会う約束をしてからも考えました。一日も欠かさずにずっと考え続けました。なぜ彼は死んで、私はまだ生きているのかを。

＊

キム・チンスが初めてではなかったと、先生は電話で言いましたね。さらに多くの私たちの仲間が自ら命を断つ恐れがあるとも言いましたよね。

だとしたら、先生は私を助けようとしているのですか？　でも、先生が書こうとしているその論文は、先生自身のためのものではありませんか？

キム・チンスの死を心理的に解剖しているという先生の言葉を私は理解できません。今、私の話を録音することで、キム・チンスが死んでいった過程を復元することができますか？　彼と私の経験は似ているかもしれませんが、決して同じではありませんでした。彼が一人で経験したことを本人から聞かない限り、どうして彼の死を腑分けできるでしょうか？

＊

キム・チンスは、私たちの中でも特に、普通とは違った拷問を多く受けたように思います。おそらく顔立ちが女性的だったからだと思います。

いいえ、彼は当時、黙っていました。十年くらい過ぎてから聞いた話です。

イチモツを出してテーブルの上に置かせ、木の物差しでたたきつけるぞと脅されたそうです。下半身を裸にして営倉の前の芝生に連れていき、後ろ手に縛って腹這いにさせられたと言っていました。大きなアリに三時間、股座《またぐら》を噛みつかれていたと、彼は言っていました。釈放されてからほとんど毎晩のように、虫に関連した悪夢を見たと聞きました。

＊

それ以前は知らない仲でした。行ったり来たりしながら、市民側の状況室で顔だけ見ていたのです。

キム・チンスはその年に大学の新入生でしたから、頬にはまだ産毛が生えていました。顔が白く、まつ毛がかなり濃くて目立ちました。見掛けるたびにひどくせわしげに歩き回っている感じだったけれど、手足と腰が細くて長いので、そんなふうに見えたのだと思います。

犠牲者を把握し、遺体の管理を総括して、棺や太極旗を買ってきて葬式の準備をし……主にそんなことをしていたようです。

あいつが最後の夜に残るとは全く思いもしませんでした。銃器を全て回収した後、戒厳軍が入ってくる前に道庁をすっかり空っぽにして、ただの一人さえも犠牲になってはいけないと言っている学生の一人だと思いました。夕方に残っているのを見ても疑っていました。あいつは午前零時になる前に抜け出すだろうと。

キム・チンスと私を含め、十二人が一つのチームになって二階の小会議室に集まりました。最初で最後と思い、あいさつを交わしました。それぞれ手短な遺書を書き、名前と住所を記してから、見つけやすいようにシャツの胸ポケットにしまいました。すぐ迫ってくることに実感が湧かなかったことも事実です。ですが、戒厳軍が市内に進入したという無線連絡が入りだすと、ようやく緊張しました。

状況室長がキム・チンスを廊下に呼び出したのは午前零時ごろでした。女性たちを護衛して、道庁の外に連れていってくれという状況室長のがらがら声が、会議室の中にまで聞こえました。状況室長がキム・チンスを指名してその仕事を任せたのは、かなりひ弱そうに見えるあいつが戻ってこなくてもいいという考えからだろうと私は見当をつけました。キム・チンスが自分の銃を整えて硬い表情で出ていく姿を見ながら思ったことを覚えています。そうだ、おまえは戻ってくるな。

しかし私の見当は外れて、彼は三十分もしないうちに戻ってきました。出ていくときとは違って緊張がすっかりほぐれた顔でした。押し寄せてくる眠気をこらえきれないように薄く開けた目で銃を壁に立て掛けると、窓の下に置いた人工皮革のソファに横になり、寝入ってしまいました。私が揺り起こすと、うめくように言いました。済みません、ちょっとだけ寝ます。

妙だったのは、その様子を見つめていたほかの人たちも、にわかに気が抜けたみたいに壁に寄り掛かったことでした。一人、二人とこっくりこっくりうたた寝を始めました。私もぼうっとした気持ちになって、キム・チンスが横になっているソファの横にうずくまりました。どう説明したらいいのでしょうか。眠気に襲われるどころか神経を最も鋭く尖らせておくべきとき、冷徹な精神力に頼らなくてはならないこのときに、僕たちはひたすらぐったりと正体なく眠り込んでいたのでした。

注意深く戸を開けて、音もなく閉める気配に私は目を開けました。小さくてきれいな顔で毬栗《いがぐり》みたいに髪を短く刈った中学生が、いつの間にかソファにもたれて座っていました。

誰だ、私はしわがれた声で聞きました。

おまえは誰だ、どこから来た。

目をぎゅっとつむって少年が答えました。

すごく眠いです。ちょっと寝ます、ここで兄さんたちと。

その声を聞いてすぐ、死んだみたいに眠りこけていたキム・チンスが驚いて目を開けました。

どういう訳だ。

少年の腕をつかみながら、彼は声を殺して尋ねました。

俺がさっき、帰れと言ったじゃないか。おまえも帰るって言ったじゃないか。

キム・チンスの声が次第に高くなりました。

おまえがここで何をするって言うんだ。銃の撃ち方も知らないくせに。

もじもじと少年が言いました。

……怒らないでよ、兄さん。

二人の言い争う声で、仲間がごそごそと目を覚ましました。少年の腕を離さずにキム・チンスは言いました。

適当なときにおまえは降伏しろ。分かったな、降伏するんだ。手を上げて出ていけ。手を上げて出ていく子どもを殺しはしないはずだからな。

*

その年、私は二十三歳で教育大の復学生[*2]でした。小学校の教師になるのが人生の目標だった私が、小会議室に居るメンバーを指揮する任務を受け持ったのは、その夜に道庁に残った仲間がそれほどの烏合《うごう》の衆だったということを意味します。

私たちのチームの半数以上が未成年でした。銃に弾を込めて引き金を引けば本当に弾が出るということが信じられなくて、道庁の前庭に出て夜空に向けて一発撃ってみて戻ってきた夜学生もいました。二十歳に満たない者は帰宅させるという指導部の方針を拒んだのは、まさに彼ら自身でした。彼らの意志がとても強かったため、せめて満十七歳までは無理にでも帰宅させることに長い口論と説得が必要でした。

状況室長から私が指示された作戦は、実際には作戦と呼ぶこともできないものでした。戒厳軍が道庁に到達すると予想された時刻は午前二時で、私たちは一時半から二階の廊下に出ていました。大人が窓を一つずつ受け持ちました。未成年者は窓と窓の間に身を伏せて待機し、横に居る者が弾に当たって倒れたら、代わりにその場を受け持つことにしました。ほかのチームがどんな任務を担当したのか、それがどれほど現実的な作戦だったのか私には分かりません。最初から状況室長は、我々の目標は持ちこたえることだと言いました。せめて夜が明けるまで。せめて数十万人の市民が噴水台の前に集まるまで。

今となっては愚かしく聞こえるでしょうが、その話を半分は信じました。死ぬかもしれないけれど、もしかしたら生き残るかもしれないと思いました。負けるだろうけれど、もしかしたら持ちこたえるかもしれないと思いました。私だけではなくチームのメンバーの大部分が、とりわけ幼い者の方がさらに強い希望を持っていました。指導部を率いていたスポークスマンが前日に外国の通信記者たちと会って語った話を、私たちは知らずにいました。私たちはきっと敗北するだろうと、彼は言ったそうです。きっと死ぬと思う、でも怖くはないと言ったのだそうです。告白しますが、私にはそんな超然とした確信はありませんでした。

キム・チンスの考えについては分かりません。彼は自分が死ぬだろうと予想しながらも、道庁の外にいったん出てからまた戻ってきたのでしょうか。それとも私のように、死ぬかもしれないけれど生き残るかもしれないという考え、もしかしたら道庁を守ることができて、もしそうできたなら、一点の曇りもない生を全うできるだろうという漠然とした楽観に身を委ねたのでしょうか。

*

軍人が圧倒的に強いということを知らないわけではありませんでした。ただ妙なことは、彼らの力と同じくらいに強烈な何かが私を圧倒していたということなのです。

良心。

そうです、良心。

この世で最も恐るべきものがそれです。

軍人が撃ち殺した人たちの遺体をリヤカーに載せ、先頭に押し立てて数十万の人々と共に銃口の前に立った日、不意に発見した自分の内にある清らかな何かに私は驚きました。もう何も怖くはないという感じ、今死んでも構わないという感じ、数十万の人々の血が集まって巨大な血管をつくったようだった新鮮な感じを覚えています。その血管に流れ込んでドクドクと脈打つ、この世で最も巨大で崇高な心臓の脈拍を私は感じました。大胆にも私がその一部になったのだと感じました。

道庁前のスピーカーから演奏曲として流れてきた愛国歌に合わせて、軍人が発砲したのは午後一時ごろでした。デモの隊列の中間に立っていた私は逃げました。この世で最も巨大で崇高な心臓が粉々に砕け散りました。銃声が聞こえるのは広場からだけではありませんでした。高い建物ごとに狙撃手が配置されていました。横で、前で、ぐったり倒れ込む人たちを見捨てたまま私は逃げ続けました。広場から十分に遠ざかったと思ったときに立ち止まりました。肺が破けそうなくらい息切れがしました。汗と涙で顔がぐっしょり濡れたまま、シャッターが下ろされた商店の前の階段に座り込みました。私よりも気丈な人が再び通りの中央に何人か集まって、予備軍の訓練所に行って銃を持ってこようと議論する声が聞こえました。じっとしていたらみんな死んじまうぞ。俺たちをみんな撃ち殺してしまうんだよ。俺たちの地区では、家の中にまで空輪部隊の連中が入ってきたよ。怖くて俺は枕元に包丁を置いて寝たんだ。まるで話にならんよ、あっちには銃があるっていうのに。あんなふうに真っ昼間に何百発も撃つっていうのに！

彼らの一人が自分のトラックを駆って戻ってくるまで、私はその階段に座って考えました。自分が銃を手にすることができるかどうか、生きている人に向けて引き金を引くことができるかどうか考えてみました。軍人が手にした数千丁の銃が数十万の人々を殺害することができるのだということを、金属が体を貫通すれば人が倒れるのだということを、温かかった体が冷たくなるのだということを考えました。

私の乗っていたトラックが市内に戻ってきたときには、既に夜が更けていました。私たちは道を二度間違い、ようやく着いた予備軍の訓練所は、既に別の人たちが銃を持ち出していった後で何も残っていませんでした。その間にどれほど多くの人々が市街戦で犠牲になったのか、私には分かりません。覚えているのは翌朝、おびただしい人々が献血するため列をなしていた各病院の入り口、血の付いた白い上着を着て担架を持ち、廃虚のような街を慌ただしく歩いていた医師と看護師たち、のりで包んだおにぎりと水と苺《いちご》を私が乗っていたトラックに上げてくれた女性たち、一緒に声の限り歌った愛国歌とアリランだけです。全ての人が奇跡のように自分の殻の外に歩き出て、柔らかい素肌を互いに触れ合わせたような一瞬一瞬に、この世で最も巨大で崇高な心臓が、一度は破れて血を流したその心臓が再びすっかり正常になり、脈打つのを感じました。私を魅了したのはまさしくそれでした。先生はお分かりですか、自分が完全に清らかで善き存在になったという感じがどれほど強烈なものかを。良心というまぶしくて清らかな宝石が私の額に刻み込まれたような瞬間の光輝を。

その日、道庁に残った幼い者たちもおそらく似たような経験をしたのでしょう。その良心の宝石を死と引き換えにしてもいいと判断したのでしょう。しかし今では何も確信することができません。銃を担いで窓の下にうずくまり、腹が減ったと言っていた子どもたち、小会議室に残っているカステラとファンタを今すぐ持ってきて、食べてもいいかと聞いた子どもたちが、果たして死について何か分かっていた上でそのような選択をしたものでしょうか？

戒厳軍が十分以内に道庁に到達しそうだという無線連絡が入ったとき、キム・チンスは自分が担当した窓を背にして言いました。

我々はぎりぎりまで持ちこたえてから死ぬが、ここに居る幼い者たちはそうしてはならない。まるで自分が二十歳ではなく、三十や四十になる男であるかのように彼は言いました。降伏しなくてはならない。もしもみんな死にそうだと思ったら、銃を捨てて直ちに降伏しろ。生き残る道を探すんだ。

＊

それからのことは言いたくありません。

もっと思い出せと私に言う権限はもう誰にもありません、先生も同じです。

いいえ、撃ちませんでした。

誰も殺しませんでした。

階段を上ってきた軍人が暗がりの中で近づいてくるのを見ながらも、私たちのチームの誰一人として引き金を引きませんでした。引き金を引けば人が死ぬと分かっていながらそうすることはできませんでした。私たちは撃つことのできない銃を分かち持った子どもだったのです。

*

後になって知りました。その日に軍人に支給された弾丸は、計八十万発だったということを。当時、その都市の人口は四十万でした。その都市の全住民に二発ずつ死を撃ち込むことのできる弾丸が支給されていたのです。問題が生じたらそうしろという命令があっただろうと私は信じています。学生代表の言う通り、私たちが銃器を道庁のロビーに積み上げてきれいに撤収していたら、彼らは市民に銃口を向けたかもしれません。その日の明け方、真っ暗な道庁の階段を伝って、文字通りザアザアと音を立てて流れた血を思い浮かべるたびに思います。それは彼らだけの死ではなく、誰かの死の身代わりになったのだと。数千倍の死、数千倍の血だったのだと。

ついさっきまで見つめ合い、話を交わしていた人たちから流れ出る血を横目で見ながら、誰が死んで誰が生き残ったのか把握できないまま私は廊下に頭を付けて身を伏せました。彼らがマジックで私の背中に何か字を書くのを感じました。過激分子。銃器所持。そう書かれていたということを尚武台《サンムデ》の留置場で、別の人が教えてくれました。

＊

逮捕されたときに銃を持っていなかったことから、単純な加担者に分類された人たちが六月までに順に釈放され、いわゆる過激分子、銃器所持者だけが尚武台に残りました。拷問の様相が変わったのはそのときからでした。殴打よりも精巧に苦痛を与えるやり方、拷問する者の体力に負担をかけないやり方を彼らは選んだのでした。かんざし突き、鶏の丸焼き、水責め、電気責め。もはや彼らが望んでいるのは、実際に起きたことの詳細ではありませんでした。彼らが用意したシナリオの空欄を私たちの名前で埋めることができるように、私たちがしなくてはならないのはうその自白だけでした。

キム・チンスと私は相変わらず一つの食事プレートを受け取り、一握りの飯を分け合って食べました。つい数時間前に取調室でつらい経験をしたばかりなのに、飯粒一つ、キムチ一切れのことで獣みたいに争わないために、我慢しながら黙々と匙を動かしました。実際に食事プレートを下げてから叫ぶ人もいました。もう我慢できん。おまえがそんなにがつがつ食ったら、俺の分がなくなるじゃないか。いがみ合う彼らの間に体を割り込ませながら、一人の男の子がたどたどしく言いました。**そ、そんなこと言わないでください。**めったに口を開かない、いつも臆したように静かな子だったので、私はびっくりしました。

ぼ、僕たちは……し、死ぬ、か、覚悟をしたじゃないですか。

キム・チンスのうつろな目が私の目と合ったのはそのときでした。

その瞬間に悟りました。彼らが何を望んだかを。私たちを飢えさせて拷問しながら、彼らが何と言いたかったのかを。**おまえらが太極旗を振って愛国歌を歌うのがいかにお笑い種《ぐさ》だったか、俺たちが思い知らせてやる。悪臭がぷんぷんする汚い体、傷が膿んで腐っていく体、飢えた獣みたいな体がまさにおまえらだってことを、俺たちが証明してやる。**

*

その男の子の名前はヨンジェでした。その日以降、キム・チンスは時々その名を呼びました。食後の十分間ほどは監視兵が寛大になるので、その間にひそかに声を掛けました。**ヨンジェ、それくらいの食事で腹がすかないのかい。キム・ヨンジェ、おまえ、本貫[*3]はどこだ。俺も金海《キメ》キム氏だぞ。何派のキム氏だ。よそよそしいしゃべり方はよしてくれ、十六歳なんだってな。**

俺はおまえより四つしか年上じゃないんだぜ。俺がそんなに年を食って見えるのかい。だったらこう言えよ。叔父さんって言えよ。一族の間ではどっちにしたっておまえは甥っ子なんだからな。

二人がやりとりするどうということもない会話を横で聞きながら、その子が小学校を出ただけでその後三年間、母方の叔父の木材加工所で木工技術を習っていたことを知りました。二つ上の母方の従兄弟に付いて市民軍に加わったけれど、従兄弟は最後の日の明け方にYMCAで死に、自分一人が捕まったという話でした。**カ、カステラが、い、い、一番、た、食べたいです。サ、サイダーと、い、一緒に。**従兄弟が死んだ話をしながらも泣かなかったその子は、何が食べたいかと聞くとこぶしで目の周りをこすりながら答えました。その子の目をこすっていない左のこぶし、ぎゅっと握ったその指の間に脱脂綿が挟まれているのを私は黙って見つめました。

*

考えに考えました。
理解したかったからです。

何としても私が経験したことを理解しなくてはならなかったからです。傷口の薄い粘液と粘っこい膿、におう唾、血、涙と鼻水、下着に漏らした小便と大便。それが私の持っている全てでした。いや、それ自体がまさに私でした。それらの中で腐っていく肉の塊が私でした。

今も私は、夏が我慢できません。胸元と背中を虫みたいな汗がむずむずと流れ落ちると、自分が肉の塊だった一瞬一瞬の記憶がそっくりよみがえるのを感じながら深く息をします。歯を食いしばってさらに深く息をするのです。

*

角材が肩先と背や腰の間に分け入ってきて、その角材の真っすぐな性質そのままにぱっと広がりながら私の体をひねるとき、どうか、やめて、私が間違っていました、あえぐ一秒と一秒の間、手の爪と足の爪の中に彼らが錐《きり》を刺し込むとき、息を、吸って、吐いて、どうか、もうやめて、私が悪かったです、うめき声、一秒と一秒の間、また悲鳴、**体がなくなってくれますように、今すぐどうか、今すぐ私の体が消えてくれますように、**

＊

私たちが調書を取られた夏から秋まで、小さな平屋のブロック造りの建物が一棟、尚武台の空き地に建てられました。私たちをどこにも移送せず裁判にかけるために、新たに軍法裁判所を建てたのです。にわかにひんやりした十月の第三週、最終調書を取り終えて十日後に裁判が開かれました。その十日間、私たちは初めて拷問なしの収監生活を過ごしました。体のあちこちにできた傷が徐々に癒えて赤黒いかさぶたになりました。

一日に二度ずつ五日間、裁判が開かれたように記憶しています。一度に約三十人ずつ入廷し、判決を言い渡されました。被告があまりにも多かったために、傍聴席の一番後ろの長椅子まで、私たちはずらりと列をなして座りました。銃を肩にした数十人の軍人も、列をそろえて私たち一人一人の間に座りました。

全員、頭を下げろ。

下士官の命令に私はうなだれました。

もっと深く下げろ。

私はさらに頭を低くしました。

すぐ裁判長がお入りになる。ちょっとでも反論したりしたら即銃殺だ、分かったか。口を閉じ、最後までうつむいていなくてはならん。最終弁論は一分を超えてはいかん、分かったか。

彼らは弾を装填した小銃を手にして椅子と椅子の間を歩きながら、姿勢が正しくない者の頭を銃の台尻で小突きました。裁判所の表で草虫が鳴いていました。当日の朝に新たに受け取った、洗剤のにおいがする清潔な青い囚人服を着て、私は即銃殺という言葉についてつくづく考えてみました。本当に迫りくる銃殺を待っているかのように息を殺しました。死は新しい囚人服みたいにひんやりしたものかもしれないと、そのとき思いました。過ぎ去った夏が生だったとしたら、血膿と汗でまだらになった体が生だったとしたら、いくらうめいても流れ去らなかった一秒一秒が、屈辱的な飢えの中で腐りかけたもやしを噛みしめた一瞬一瞬が生だったとしたら、死はその全てをすっきりと一筆で消し去ってくれるものだろう、と。

裁判長のご入廷です。

書記がそう告げるとすぐに前の扉が開いて、三人の法務将校が順々に入ってきました。うつむいていた私の耳に妙な声が聞こえたのは、そのときでした。前から二列目付近でした。半分くらい頭を上げて、私は前の方をうかがいました。誰かが声を殺して、すすり泣くように愛国歌の一小節目を歌い始めていました。彼が幼いヨンジェだと気付いたとき、誰からともなく既に合唱が始まっていました。磁力で引き付けられたように私も後に付いて歌いました。死んだようにうなだれていた私たちが、汗と血と膿だった私たちが静かに歌っている間、なぜか彼らは制止しませんでした。叫びもせず、小銃の台尻で頭を小突きもせず、開廷前に威嚇《いかく》していたように壁に追いやって銃殺しもしませんでした。私たちが歌い終わるまで、危うい沈黙が草虫の音《ね》とともに小節の合間に、簡易裁判所のひんやりとした空気の中にしゃがみ込んでいました。

＊

私は九年の刑、キム・チンスは七年の刑を言い渡されました。

ですが量刑は無意味でした。翌年のクリスマスまでに軍部は私たち全員を、死刑と無期懲役の宣告を受けた人たちまで特赦で釈放しましたからね。その罪目が理不尽だったことを進んで自白したようなものです。

キム・チンスと再び会ったのは、刑務所を出てからやがて二年になろうとする年の瀬でした。中学校の同窓生と会って、夜通し大酒を飲んで家に帰ろうとしていた明け方、道沿いのひなびたヘジャングク[*4]の店にぽつねんと座っている若い男を窓越しに見ながら、いったん通り過ぎて私は立ち止まりました。真面目に宿題をするかのように匙をしっかり握って、器の汁ご飯を見下ろしている姿勢に見覚えがあったからです。どんなに解こうと頑張っても解けない謎が盛り込まれているかのように黒っぽいソンジグク[*5]の底をのぞき込む、長くて濃いまつ毛の下に開いたうつろな目。

私がその店に入ってキム・チンスの前に座ると、彼は表情のない冷ややかな視線で私を眺めました。酔いから覚めきっていない私は黙って笑いました。酔いが束の間許してくれる寛大さで待ちました。眠りから覚めたばかりのように、ゆっくりしたかすかな笑みが彼の顔に漂うまで。


ぼそぼそとこれまでの安否を聞き合っている間、私たちの視線は透明な触手のように静かに互いに向かって伸び、顔の内側に潜む影を、会話と作り笑いでは隠せない苦痛の痕跡をまさぐり、確かめ合いました。私たちは二人とも大学に戻れず、家族に迷惑を掛けながら生計を立てていました。キム・チンスは姉の夫が営む電器店の手伝いをしており、私は本家がやっている韓国料理店を手伝っていましたが、少し前にやめたところでした。年内いっぱい休んで年が明けたらタクシー会社に入るつもりだと、貯金していつかは個人タクシーをやるんだと私が言うと、彼は淡々と言い返しました。

義理の兄も僕に忠告したんですよ、重機運転の資格を取れって。どうせ一般企業には入れないのだから。ところで運転免許はどうやって取ったんですか？　問題集を最近ちょっとのぞいてみたんですが、頭が痛くなりましたよ。実際に頭痛がひどくて覚えきれないんですよ。あるときなんかは電器店でお金の計算をするのもままならないんですよ。ちょっと複雑な足し算引き算をするだけで頭が痛くなって。

俺もやっぱり原因不明の歯痛のため、しょっちゅう鎮痛剤を飲むのだと言うと、彼はまた淡々と聞きました。

よく眠れますか。僕は眠気が来なくて、一人で焼酎を二瓶飲んで、今は酔い覚ましをしていたところなんですよ。家で酒を飲むと姉さんが嫌がるので。だからと言って姉さんは僕に怒ったりはしないです。ただ泣くんですよ。それを見るのが嫌でよけいに酒を飲みたくなるんですよ。

もう一杯やりましょうか、と聞きながら彼は私の顔を何げなく眺めました。

もう一杯やりましょう。

ウールのコートの襟を立てたサラリーマンが、窓の外の道を急ぎ足で歩いて出勤するころまで私たちは一緒に飲みました。何も忘れさせてはくれない透明で強い酒を冷たいグラスに注ぎ、さらに注ぎました。記憶が時々途切れているうちに、やがて完全に正体をなくしてしまいました。どのように彼と別れて家に戻ったのか思い出せません。キム・チンスがうっかり酒の瓶をテーブルに倒して、冷たい酒が私のコーデュロイのズボンを濡らした感覚、セーターの袖でむやみに酒を拭っていた彼の姿、ついには頭を支えきれずにテーブルに突っ伏して額をくっつけた瞬間なんかがちらちら思い浮かぶだけです。

*

その後、私たちは時々会って一緒に酒を飲みました。二人とも資格取得試験に失敗して、交通事故を起こし、借金ができて、けがしたり病気したり、情が深くて優しい女性と出会って、しばらくの間は苦しみが何もかも終わったと信じ、しかし自らの手で何もかもパアにしてまた一人きりになるという似たり寄ったりのいきさつを、鏡の中のゆがんだ顔のように見つめているうちに十年の歳月が流れました。日々の不眠と悪夢、日々の鎮痛剤と睡眠誘導剤の中で私たちはもはや若くはありませんでした。もはや誰も私たちのために遠慮したり涙を流したりしませんでした。私たち自身さえ自らを軽蔑しました。私たちの体の中に、あの夏の取調室がありました。モナミの黒のボールペンがありました。露わになった指の白い骨がありました。すすり泣きながら哀願し、命乞いをする聞き慣れた声がありました。

いつだったかキム・チンスが私に言いました。

何としても殺してやりたいやつらがいたんだよ、兄貴。

まだ完全に酔ってはいない彼の黒くて深い目が、私を見つめました。

いつだろうと僕が死ぬときには、あいつらも必ず道連れにするつもりだったんだ。

私は黙って彼の杯に酒を注ぎました。

だけど、もうそんなことを思ったりはしないよ。疲れちまった。

兄貴、と彼は再び私を呼びました。透明な酒を満たした杯を見下ろしながら、まるでその中に居る私に声を掛けるかのように頭を上げませんでした。

僕たち、銃を手にしたよね、そうだよね?

私はうなずきもせず、彼に言い返しもしませんでした。

それが僕たちを守ってくれると思ったんだ。

自ら問い、自ら答えることに慣れているように、彼は杯に向かってかすかに笑いました。

だけど僕たちはそれを撃つこともできなかったんだ。

*

去年の九月、タクシー勤務の交代を終えて帰宅中だった明け方、出し抜けに彼と会いました。秋雨がしとしと降っている日でした。傘を差して暗い路地の角を曲がったちょうどそのとき、フード付きの黒いウインドブレーカーを着たキム・チンスが私を待っていました。あまりにもびっくりして、幽霊みたいに真っ青な彼の顔をぶん殴ってやりたいという妙な怒りを感じたことを覚えています。いや、その顔をごしごし手でなでて表情を消してしまいたかったという方が近いかもしれません。

いいえ、敵対的な表情ではありませんでした。

もちろん疲れて見えはしましたが、それは特別なことではありませんでした。この十年間、彼は大抵いつも疲れて見えましたからね。彼の表情はいつもと違っていました。説明のつかない冷たい何か、諦めでも悲しみでも恨みでもない何かが、ゆらゆらしながら長いまつ毛の下に水気もなく流れ落ちていました。

何も言わない彼を、とりあえず私の部屋に連れていきました。

どうしたんだ。

着替えながら私は聞きました。彼はウインドブレーカーを足元に脱ぎ、薄い半袖のTシャツ姿で正座していました。その姿勢が十年前の尚武台留置場を思い起こさせ、私は再び妙な怒りを覚えました。十年前に日々向き合っていたころとそっくり同じ、特有のやや前かがみの姿勢で彼は汗のにおいをさせながら、諦念と服従とうつろさがむかむかするくらいごったになった暗い顔で私を見上げていました。

酒のにおいもしないが、いつから待っていたんだ？　こんなに雨が降っているのに。

昨日、裁判があったんだ。

やっとキム・チンスが口を開いたとき、事情をすぐのみ込めずに私は聞き返しました。

裁判？

キム・ヨンジェ、覚えてる？　僕たちと同じ部屋に居た子。

私はキム・チンスと向き合って座りました。彼の真似をするようにしばらく正座してから冷たい壁の方に下がり、ぐったりと背をもたせかけました。

一族で言ったら、僕と甥っ子の間柄だった子のことだよ。

うん、と私は答えました。なぜか次の言葉を聞きたくありませんでした。

今度、精神科に入院することになったんだ。

そうか、ともう一度言いながら私は冷蔵庫の方を振り向きました。四本の焼酎瓶が冷蔵室の一番下で、二日分の非常薬のように静かに潜んでいました。

多分二度と出られないだろうな。

私は立って冷蔵庫の方へ行きました。焼酎瓶を盆に載せ、杯も二つ取り出しました。開けようとして瓶の首に触れたとき、ガラスの表面に結露していた冷たい滴が手のひらを濡らしました。

危うく人を殺すところだったって。

私は煮干しの炒め物と豆のしょうゆ煮を皿に取り分けました。焼酎を冷凍室で凍らせたいという思いにふと駆られました。さいころ形の焼酎氷をかじって食べたらどんな気分だろうか。つまみになりそうなのはこれしかないな。

足元に盆を置く私を気にかけずに、彼は次第に早口になって話し続けました。

国選弁護士の話だけど、これまでの十年間に六回手首を切ったんだって。毎晩、酒に睡眠剤を混ぜて飲んで寝ていたんだって。

私はキム・チンスの杯に酒を注ぎました。一杯だけ一緒に飲んでから布団を敷いて寝るつもりでした。キム・チンスには一人で飲みたいだけ飲んで、雨がやんだら帰れと言うつもりでした。これまでキム・チンスがその子とどれほどしょっちゅう会い、その子がどのように生きてきたのか気にはなりませんでした。彼が話したとしても、聞きたくはありませんでした。

夜が明ける時分でしたが雨が降り続き、窓の外は夕方のような暗さでした。とうとう布団を広げて横になりながら、私は感情を込めずに言いました。

おまえもちょっと寝たらどうだ、一睡もできなかったようじゃないか。

彼は自分で杯を満たし、一気に飲み干しました。顔まで布団をかぶって背を向けた私の方にぼそぼそと、詭弁《きべん》に近いようなでたらめをしゃべり続けました。

＊

だから、兄貴、魂なんてもんは、何でもないってことかな。

いや、それは何かガラスみたいなものかな。

ガラスは透明で割れやすいよね。それがガラスの本質だよね。だからガラスで作った品物は注意深く扱わなくてはいけないよね。ひびが入ったり割れたりしたら使えなくなるから、捨てなくてはいけないから。

昔、僕たちは割れないガラスを持っていたよね。それがガラスなのか何なのか確かめてみもしなかった、固くて透明な本物だったんだよね。だから僕たち、粉々になることで僕たちが魂を持っていたってことを示したんだよね。ほんとにガラスでできた人間だったたってことを証明したんだよね。

＊

生前のキム・チンスと会ったのはそれが最後でした。

訃報を聞いたのはその年の冬でした。その三カ月間、彼がどんなふうに過ごしたのか私には分かりません。彼が一度、事務室に電話をかけてきたことがありましたが勤務中だったので出られず、勤務を終えて私が電話したときには彼が電話に出られませんでした。

その年の秋はかなり雨が多く降り、雨がやむたびにぐんと気温が下がりました。明け方に勤務を終えて路地の角を曲がるときには、思わず足が重くなりました。彼が亡くなってこの世にいない今も同じです。その角の家を通り過ぎるときには、とりわけ雨が降るときには、黒いウインドブレーカーを着て、暗がりの中に幽霊のように突っ立っていたキム・チンスを思い出します。

彼の葬式はこぢんまりとしていました。彼の家族は彼に似て深い二重まぶたと長いまつ毛を、彼の目のようにうつろで胸の内がうかがい知れないまなざしを持っていました。彼の姉は、ひところは際立って美人だったろうなと思えるきれいな顔立ちで、表情もなく私の手を握ってから離しました。柩の運び手が足りないからと言われて火葬場まで一緒に行き、柩が炉の中に入るところまで見届けて私は戻ってきました。市内に戻る交通の便がなく、バスが走っている三差路まで三十分ほど歩いたことを思い出します。

*

遺書は読めませんでした。

この写真が本当に遺書と一緒にあったんですか？

そんな話は一度も私にはしませんでした。

彼と私が親しかったと言っても、どれだけ親しかったのやら。私たちは互いにもたれ合いましたが、同時にいつも互いの顔をぶん殴りたいと思っていました。消したいと思っていました。永久に追い払いたいと思っていました。

私がこの写真の説明をしなくてはいけないんですか？

どこから、どんなふうに説明したらいいんですか？

銃弾を浴びて亡くなった人が居て、地面が血だらけですね。道庁の前庭に外国の通信記者が入って撮ったのでしょうね。国内の記者は入れなかったでしょうから。

そうでしょうね、写真集から切り抜いたのでしょうね。いろんな種類の写真集が出回ったではないですか。

キム・チンスがどういう理由でこの写真を最後まで持っていたのか、なぜ遺書の横にこの写真が置かれていたのか、今、私が推測しなくてはいけませんか？

ここに真っすぐ倒れて死んでいる子どもたちについて、先生に話さなくてはいけませんか？

どんな権利があって私にそれを要求するのですか。

＊

軍人の命令通り二階の廊下に頭を押し付けていた私たちが、道庁の庭に引っ張り出されていったのは夜が明けるころでした。後ろ手に縛られたまま庭の縁に一列に膝をついて座った私たちに、ある将校が近づいてきました。彼は興奮していました。一人一人、地面に頭を付けさせるために軍靴で背中を踏みつけながら悪態をつきました。くそったれが、俺はベトナム帰りだぞ。三十人は下らないベトコンのやつらをぶっ殺したんだぞ、汚いアカども[*6]め。そのときキム・チンスは私の横に居ました。将校がキム・チンスの背中を踏むと、図らずも小石にぶつかり、彼の額から血が流れました。

五人の生徒が二階から両手を挙げて下りてきたのはそのときでした。照明弾で真昼のように明るくして戒厳軍が機関銃を乱射し始めたときに、私が小会議室に隠れるよう命じた四人の高校生と、ソファでキム・チンスと短く言い争った中学生でした。銃声がそれ以上聞こえなくなると、彼らはキム・チンスが言い聞かせていた通り、武器を捨てて降伏するために下りてきたのでした。

あのガキどもを見てみろ、キム・チンスの背中を踏みつけていた将校が興奮しっぱなしで叫びました。畜生のアカどもめ、降伏するってか？　命が惜しくなったってか？　片足をずっとキム・チンスの背中に置いたまま彼はM16自動小銃を手にして彼らに照準を合わせました。ためらいなく子どもたちを撃ちまくりました。思わず私も顔を上げて彼の顔を見ました。**くそったれめ、いかす映画みてえじゃないか。**きれいに並んだ歯をむき出しにして、彼は部下に向かって言いました。

お分かりですか。ですからこの写真でこの子たちがずらっと並んで倒れているのは、こんなふうにきちんと運んで置いたからではないのです。一列になって子どもたちが歩いてやって来ていたのです。私たちが言い付けておいた通りに両手を挙げ、整列して歩いてやって来ていたのです。

*

ある記憶は癒えません。時が流れて記憶がぼやけるのではなく、むしろその記憶だけが残り、ほかの全てのことが徐々にすり減っていくのです。カラー電球が一つずつ消えるように世界が暗くなります。私もまた安全な人間ではないということを知っています。

今は私の方から先生に聞いてみたいのです。

つまり人間は、根本的に残忍な存在なのですか？　私たちはただ普遍的な経験をしただけなのですか？　私たちは気高いのだという錯覚の中で生きているだけで、いつでもどうでもいいもの、虫、獣、膿と粘液の塊に変わることができるのですか？　辱められ、壊され、殺されるもの、それが歴史の中で証明された人間の本質なのですか？
釜馬《ぶま》民主抗争[*7]で空輪部隊に投入された人とたまたま会ったことがあります。私の経歴を聞いて、自分の経歴を打ち明けたのです。できる限り過激に鎮圧せよという命令があったと彼は言いました。特別残忍に行動した軍人には、上部から数十万ウォンずつの褒賞金が渡されたということでした。同僚の一人が彼に言ったそうです。**何が問題だというのか？　むち代を渡しながら人を殴れというのだから、殴らない理由がないじゃないか？**

　ベトナム戦争に派遣されていた韓国軍のある小隊に関する話も聞きました。彼らは田舎の村民会館に女性や子ども、老人たちを集めておいて全員焼き殺したというのですよ。そんなことを戦時中にやっておいて褒賞を受けた人たちがいて、彼らの一部がその記憶を身に付けて私たちを殺しにきたのです。済州島《チェジュド》[*8]で、関東[*9]と南京[*10]で、ボスニア[*11]で、全ての新大陸[*12]でそうしたように、遺伝子に刻み込まれたみたいに同一の残忍性で。

　忘れずにいます。私が日々出会う全ての人たちが人間だということを。この話を聞いている先生も人間です。そして私もやはり人間です。

日ごとにこの手の傷痕をのぞき込みます。骨が見えていたこの部分、白っぽい粘液を噴き出しながら腐っていった部分を日ごとにさすってみます。平凡なモナミの黒のボールペンとたまたま出くわすたびに、息を殺して待っています。泥水のように時間が私を押し流すのを待っています。私が昼も夜も負っている汚い死の記憶が本当の死と出合って、きれいさっぱり私を解き放ってくれるのを待っているのです。

私は闘っています。日々一人で闘っています。生き残ったという、まだ生きているという恥辱と闘うのです。私が人間だという事実と闘うのです。死だけが予定を繰り上げてその事実から抜け出す唯一の道なのだという思いと闘っているのです。先生は、私と同じ人間である先生は、私にどんなふうに答えることができるのですか？

＊1【モナミの黒のボールペン】ｍｏｎａｍｉは文房具のメーカー名。そのボールペンは韓国で広く使われている。

＊2【復学生】義務の兵役に就くために休学し、満了後に大学に戻った大学生。

＊3【本貫】祖先発祥の地。金氏、朴氏、李氏など姓氏の種類が少ないことから、地名と姓氏を組み合わせて出身地を示す。

＊4【ヘジャングク】酔いざましに良いという庶民的な汁物料理。

＊5【ソンジグク】牛の血を煮固めたものを具にしたスープ。ヘジャングクの代表的な汁物料理。

＊6【アカ】共産主義者に対する蔑称。

＊7【釜馬民主抗争】一九七九年十月十六日から二十日にかけて釜山市と、隣接する馬山市（現・昌原市）で、学生や市民が反独裁・民主化を求めて大規模なデモを行った抗争。

＊8【済州島】済州島四・三事件。一九四八年四月三日に済州島で起きた島民の蜂起に伴って、南朝鮮国防警備隊、韓国軍、警察、右翼青年団などが一九五四年九月までに起こした一連の島民虐殺事件を指す。

＊9【関東】一九二三年九月一日に起きた関東大震災で、デマを発端として朝鮮半島出身者など多数の人々が虐殺された事件を指す。

＊10【南京】一九三七年に日本軍が南京を占領した際に、多数の中国人が殺傷された南京事件を指す。

＊11【ボスニア】一九九二〜一九九五年のボスニア・ヘルツェゴビナ紛争で起きた虐殺事件を指す。

＊12【新大陸】南北アメリカ大陸などで欧州からの移民により、多数の先住民が殺害されたことを指す。

五章　夜の瞳

月は夜の瞳だと言った。

この言葉を聞いたとき、あなたは十七歳だった。ソンヒ姉さんの屋根部屋[*1]で労組の小集会を終え、屋上の片隅に新聞紙を広げて車座になり、桃の皮をむいて食べた日曜日の春の夜だった。詩集を読むのが好きだった二十歳のソンヒ姉さんが、満月を見ながら言った。**いかにもそんな感じがするわよね。月は夜の瞳なんだって。**集会で最年少だったあなたは、なぜかその言葉が怖かった。あの黒い空の真ん中で、氷のように白くて冷たい瞳が一つ、黙って彼女たちを見下ろしている。**そんな話を聞いたら月が怖くなるじゃないですか、姉さん。**あなたがそう言うと皆がどっと笑った。**まあ、あんたみたいな怖がり屋さんは見たことないわ。**誰かがそう言いながら、桃のひときれをあなたの口に入れてやった。**月が怖いだなんて変な子ね。**

一九：〇〇

あなたはたばこを取り出してくわえる。火をつけて一服吸ってから、凝り固まった首をゆっくり回して筋肉の緊張をほぐす。

二十坪余りの二階のオフィスに居るのはあなただけだ。窓を閉め切っている。八月の夕方の熱気と湿度に耐えながら、あなたはパソコンの前に座っている。二通の迷惑メールをさっき削除し、新着メールの一通はまだ開けていない。

あなたの髪は短くカットされている。ジーンズに群青色のスニーカーを履き、淡い灰色の麻のシャツは肘が隠れるくらい袖が長い。シャツの背中の上辺りは汗で濡れて濃い墨色に見える。しかし、その中性的な服装とは裏腹に、全身の骨格が小さい上に鎖骨と首が細いことから、俊敏そうな印象を与える。

あなたの頬から耳辺りの髪を濡らした汗が、やせこけた顎の線を伝ってシャツの襟に流れ落ちる。鼻溝に噴き出た汗をこぶしで拭ってから、あなたはメールを開く。二度繰り返してゆっくりと内容を読む。マウスを動かしてネットのタブを閉じてからパソコンの電源を落とす。モニターの青い色が消えて真っ暗になるまで、たばこを立て続けに吸っては吐く。

半分ほどになったたばこを灰皿に置いて、あなたは立ち上がる。汗でべとついたこぶしをジーンズのポケットに突っ込む。閉め切ったオフィス内の火照った空気を吸いながら、窓の方に歩く。オフィスがあたかも広々とした空間であるかのようにのろのろと、ひどくのろのろと歩く。体を少し動かしただけなのに、体中に汗がまたどっと噴き出して流れる。あなたの短い髪の中で、汗の玉がきらきら光る。

窓の前であなたは立ち止まる。自分の姿だけが薄暗く映って見える窓ガラスに額を当てる。

涼しくて湿っぽい。人けのない真っ暗な路地と灰白色の街灯が下に見える。あなたは窓ガラスから額を離す。後ろ側の壁に掛けられた時計を振り返り、疑うように自分の腕時計をもう一度確かめる。

一九：三〇

その音を聞いていたの。

音のせいで目が覚めたけれど目を開ける勇気がなくて、目をつむったまま闇の方に耳を傾けていたの。

静かに、さらに静かに響く足音。

ゆっくりした踊りのステップを練習する子どものように、何度もその場で踏む、両足の軽い響き。

みぞおちを締め付ける疼きを感じたの。

恐怖のせいなのか、喜びのせいなのか分からなかったわ。

とうとう私は体を起こしたの。

音が聞こえる方に歩いていって、ドアの前で立ち止まったの。

部屋の空気が乾いていて、ドアの取っ手に掛けておいたおしぼりが、暗がりの中で白っぽく見えていたのよ。

音はそこから聞こえていたの。

そこで滴がずっとポタポタ落ち続けて、油紙を張ったオンドルの床をびしょびしょに濡らしていたのよ。

一九：四〇

白いラベルが付いた小型の生テープ三本とポータブルレコーダーが、あなたの机に置かれている。目を開けたまま眠りかけているように規則的な息の音を立てながら、汗でてらてらした顔で、あなたはそれらをのぞき込んでいる。

ユンが最初あなたに連絡してきたのは十年前の春、あなたがこの団体の事務局に移ってきていくらもたたないころだった。代表電話であなたを探し出した彼は、ソンヒ姉さんに連絡先を教えてもらったと言った。彼が書いている論文の主題と、心理解剖の焦点にしたという市民軍参加者の名前を聞いて、あなたは沈黙した。

考えてから電話を差し上げます。

一時間後あなたが電話でインタビューを断ったとき、お気持ちはお察ししますとユンは言った。翌年の春に彼が送ってきた論文をあなたは読まなかった。

今度十年ぶりに再び連絡してきた彼は、今度こそ是非ともあなたに会いたいと言い、電話で話すだけにしたいと言うあなたに慎重に尋ねた。

あのときお送りした論文は、もしかしてもうお読みになりましたか?

あなたは淡々と答えた。

いいえ。

彼は少し戸惑ったようだったが、落ち着いた口調で続けた。あの論文を書くためにインタビューした市民軍参加者の十人を再び尋ね回ってみて、これまでに二人が自ら命を断ち、今では八人になったことが分かった。彼らのうち七人がインタビューに応じてくれて作業を進めてきたが、十年前に発表した論文を第一章とする単行本の末尾に、その録音の記録を載せて出版しようと思う。

聞いていらっしゃいますか、と彼は説明をちょっと休めて尋ねた。

ええ、聞いています。

電話を受けるときはいつもそうしているように、あなたはメモ用紙を横に置き、話のやりとりに出てくる十、二、八、七といった数字をきちんと書き留めていた。

当時拘束された女性の方が何人かいましたが、証言者がなかなか見つかりません。証言が得られてもごく簡略なのです。つらい部分はほとんど、はしょられていて……お願いします。イム・ソンジュさん、この本の八人目の証言者になってください。

今度は考える時間がほしいとあなたは言わなかった。

済みません。インタビューはお受けできません。

感情を込めずにあなたは答えた。

ところが幾日かして、ユンはこのポータブルレコーダーとテープが入った小包をオフィスに送ってきた。達筆とは言い難い、雑な筆跡で書かれた手紙をあなたは最後まで読んだ。**私と会うのが気まずいようでしたら、証言を録音して送っていただけませんか？** 手紙の下の方に彼の名刺がクリップで留められていた。

あなたは誰も開封しなかったように再び手紙に封をして、個人用キャビネットの奥にしまった。ずっと前にそこにしまっておいた彼の論文を取り出し、昼食時にかけて熟読した。付録として収められた録音記録はとりわけ念入りに読んだ。同僚がお昼を食べに出ていった事務室は静かだった。彼らが戻ってくる前に、あなたは論文を読んだことを自らに隠すように、元の場所に置いてキャビネットを閉じた。

二〇：〇〇

変だわ。

ただ水が落ちる音だったのに、誰かが本当にやって来たみたいに覚えているのよ。

その冬の明け方、みぞおちが締め付けられる疼きの中で聞いたと思った、その足音の方が現実で、おしぼりから滴り落ちた水で濡れていた床の方は夢のようだったの。

二〇：二〇

あなたはレコーダーにテープをセットする。

あなたの名前は匿名扱いになる。推測の端緒となりそうな人や場所もやはり、無作為のアルファベットで表示される。録音の便利な点は、顔を直接合わせずに済むというだけでなく、消したい部分をいつでも消すことができ、証言し直すことができる点にあるとユンは手紙に書いていた。

しかしあなたは録音ボタンを押さない。まるでポータブルレコーダーのつやつやしたプラスチックの角に傷がないかどうか確かめようとでもするように、慎重に指先で探る。

二〇：三〇

たまたまだけど、このオフィスであなたが行う主な仕事は録音とテープ起こしだ。

懇談会とフォーラムのテープ起こしをして、イベントの写真を分類して記録室に保管する。重要なイベントはビデオレコーダーで撮影した後、用途に合わせて三つか四つの編集見本を作る。どれも多くの手間がかかり、地味で目立たない仕事だ。一人で計画を立て、時間をたっぷりかけて実施すべき仕事でもある。おのずと同僚に比べて業務量が多くなるけれど、夜勤と週末勤務に慣れたあなたにとっては問題ではない。月給の代わりに活動費を受け取り、その金額は最低生活費には足りないけれど、以前に所属していた団体の方がむしろ待遇は悪かった。

じわじわと命を奪うもの。

この団体での十年間あなたが扱ってきた資料は、そのようなことに関するものだ。半減期が長い放射性物質。既に禁止済みなのにまだ使われているか、今後禁止しなくてはならない添加物。がんと白血病を誘発する産業用の毒性物質、農薬と化学肥料。生態系を破壊する土木事業。

ユンが持っているだろう録音テープの世界は、それとは別のものだ。

顔を知らないユンのオフィスをあなたは想像する。彼の広々とした机を思い描く。その上に並べられているだろうテープを思う。白いラベルごとに彼が雑な筆跡で記しただろう名前と日付を思う。幅の狭いつやつやした褐色のテープに沿って、肉声で刻み込まれているだろうあっけない死、銃と銃剣と棍棒、汗と血と肉、おしぼりと錐と鉄パイプの世界を思う。

あなたはポータブルレコーダーを机の上に置く。キャビネットを開けるために腰をかがめる。ユンの論文を取り出して、録音記録の書き出し部分を広げる。

彼らは私たちに頭を下げておくように命じましたので、トラックがどこに行くのか誰にも分かりませんでした。

あるひっそりとした丘の建物の前に、私たちは引きずり降ろされました。しごきが始まりました。悪態と足蹴が、小銃の台尻が飛んできました。白いシャツにだぶだぶのズボンをはいていた四十代の太った男が、もうこらえきれなくなって叫びました。

いっそ一思いに俺を殺してくれ――。

彼らが男を取り囲みました。本当に殺そうとするように棍棒を振り回し始めました。一瞬のうちに力なく倒れて身動きしなくなった男を、私たちは息を殺して見つめました。彼らはバケツに水を汲んで、男の血だらけの顔にぶっかけてから写真を撮りました。彼は半分くらい目を開けていました。きれいに洗い流された顎と頬から薄く血が落ちました。

ありきたりの講堂のような建物で過ごした三日間、似たようなことが繰り返されました。昼間に市内でデモを鎮圧した彼らは、夜ごと酒に酔っては私たちの所にやって来て、拷問しているうち目に止まった人たちを容赦しませんでした。殴って気絶させた人の体をボールのように隅に蹴飛ばしていき、髪をつかんで壁に後頭部をぶつけました。息絶えると顔に水をぶっかけ、写真を撮ってから担架に載せていきました。

私は毎晩祈りました。お寺にも教会にも通ったことはありませんが、この地獄から出ることさえできれば、と祈りました。驚いたことに祈りが通じました。一緒に放り込まれていた二百を超す人のうち、私を含む半数前後がいきなり釈放されました。後で分かったことですが、市民軍の結成を受けて軍人が作戦上の後退をし、その際に大勢の検挙者を連れて移動する負担を減らすために無作為で釈放する者を選んだのでした。

再びトラックに乗せられて丘を下っていく間にも、私たちは頭を上げることができませんでした。まだ若かったせいか私は気になって、気になってどうしようもなくて斜めに顔をひねってみました。私が膝を抱えていた場所はちょうど端っこだったので、そうするだけで外が見えました。

ああ、そこがＪ大だったなんて、私は思いも寄りませんでした。

週末には友達とサッカーをしに行った運動場の後ろの丘に新築の講堂があったのですが、まさにそこに三日間閉じ込められていたのです。軍人が占拠した校庭には人の気配がありませんでした。墓地のように静かで明るい道をトラックが走っていく途中、芝生に二人の女子大生が眠り込んだように横たわっているのが見えました。ジーンズをはいた彼らの胸に黄色い垂れ幕が掛けられていました。〈戒厳解除〉と太いマジックで書かれた字が見えました。

ちょっとかすめて過ぎたその女子大生たちの顔を、なぜこんなにはっきりと覚えているのか分かりません。

ふと眠り込んだ瞬間や、眠りから覚めたばかりの瞬間によくその顔が思い浮かぶのです。青白い肌、つぐんだ唇、懸垂幕で覆われて真っすぐ横たわっていたその姿が、目の前にあるように鮮明に目に浮かびます。顎と頬から薄く血が流れていた、目を半分ほど開けていた男性の顔とともに……えぐり取ることもできない私のまぶたの内側に刻み込まれて。

二一：〇〇

あなたが夢に見る光景は、この証言者のものとは異なる。

残酷な遺体だったら当時誰よりも多く接したけれど、実際に血が飛び散った夢を見たのは、これまでの二十余年間で三、四度だけだ。その代わり、あなたの悪夢は冷え冷えとしていたり静かだったりする。跡形もなく血が乾き、骨が風化して消えた後の、とある場所だ。少し前にあなたが窓に額を当てて、外を見やった風景と驚くほど似た空間だ。

屋外灯のシェードの外は漆黒のように暗く、その内側は水銀のように薄い灰白色だ。その街灯の下にあなたは一人で立っている。明かりが差している所だけが安全だ。暗闇に何が潜んでいるか分からない。だけど関係ない、体を動かしはしないから。明かりの円から出ていきはしないから。冷たい緊張の中であなたは待つ。日が昇って円の外の闇が去るのを待つ。急にふらついてはいけない。足を動かしても、踏み外してもいけない。

そうするうちに日を開けると、まだ暗い時刻だ。あなたは鉄製のベッドで体を起こし、枕元のスタンドをつける。今年であなたは満四十三歳になり、男性と暮らしたのは一度きり、一年に満たない期間だけだった。同居者が居ないので、あなたは気兼ねなくドアの方に歩いていき、ためらわずに蛍光灯をつける。化粧室と台所、玄関まですっかり明るくしてから、細かく震える手でグラスに水を注いで飲む。

二一：二〇

誰かがドアのノブを回す音にあなたは立ち上がる。腰をかがめて論文をキャビネットにしまいながら叫ぶように聞く。

どなた？

あなたはドアに鍵を掛けていた。

パク・ヨンホです。

あなたは玄関に歩いていく。ドアが開くと同時に、二人が合唱するように尋ね合う。

こんな時間にどうしたんですか？

二人とも噴き出す。

まだ笑みが口元に残ったまま、同時にいぶかしげな目でパクチーム長がオフィス内をうかがう。小さめの丸っこい体格で、髪の薄さを気にしていつも前髪を長く垂らしている男性だ。

月曜日に原発を訪問するじゃないですか。いくつか取り出し損なっていた資料があるんですよ。

パクチーム長は自分の席に行ってかばんを下ろし、パソコンの電源を入れる。人の家をいきなり訪ねたように言い訳が続く。

明日、個人的に地方に行く用事ができましてね。ですから今日のうちに、資料を前もって用意しておかねばならないようなんです。

彼の声が大げさに快活になる。

ところでびっくりしました……てっきり誰も居ないと思っていたのに、明かりがついていて。

ふと彼が口をつぐむ。

それはそうと、この部屋はどうしてこんなに暑いのですか？

彼は大またに歩いていき、窓をぱっと開ける。オフィスの壁に掛けられた二台の扇風機もつける。熱風が押し寄せてくる窓を背にして歩きながら、頭を横に振る。
こりゃもう、サウナと変わりませんね。

二一：五〇

この団体で実務を担当している職員のうち、あなたは一番年上だ。黙って仕事をするばかりのあなたを、後輩たちは総じて敬遠する。先生付けで呼びながら礼儀正しく距離を保つ彼らに、あなたもやはり丁重な敬語で答える。資料が必要なとき、彼らは尋ねる。何々年度の何々フォーラムの資料を探しているのですけれど、記録室で探してみたらパンフレットしかないのです。発表文を載せた冊子はないでしょうか。あなたは記憶をたどって答える。そのフォーラムは急いで準備したので、冊子なしで進めたのですよ。発表内容は現場で録音して後でテープ起こしをしたけれど、どこにも使われずファイリングだけしているのです。いつだったか、パクチーム長が冗談めかしてあなたに言った。イム先生は歩く検索エンジンですね。

パクチーム長は今、オフィス中央のプリンターの前に立って印刷物が出てくるのを待っている。機敏な視線であなたの机をうかがう。濡れたチリ紙を敷いた灰皿、幾本かのたばこの吸い殻、コーヒーをたっぷり注いだマグカップ。ポータブルレコーダーとテープ。

探索していた目があなたの目と合った瞬間、例の言い訳をするような口ぶりで彼が言う。

イム先生は仕事がほんとにお好きなようですね。

つまりですね、と彼が言い直す。

もしも髪が白くなるまで私がずっとこの仕事を続けたら、イム先生の姿が将来の自分の姿になるんだな……なんて思うんですよ。

彼が乏しい活動費について、報酬の割に過重で不規則な業務について、やせて静脈が目立つあなたの手の甲について言っていることをあなたは理解する。レーザープリンターがせかせかした低い機械音を立てながら印刷物を吐き出している間、彼はしばらく口をつぐんでいた。

イム先生のことを皆、気にしています。

再び明るい調子で彼が声を掛ける。

言葉を交わす機会が皆、これといってなくて……会食にもいらっしゃらないし、何しろ打ち解けてくれませんからね。

パクチーム長は印刷物をステープラーで留めてから自分の机に行く。立ったままマウスを動かして別の文書を出力してからプリンターの前に戻る。

労働運動をなさっているキム・ソンヒ先生とお親しいと聞いたんですけど。そちらで労災のパートを担当なさってからうちのオフィスにいらっしゃったと。

親しいと言うより……

あなたは慎重に答える。

長い間助けてくださったのです、私を。

私なんかは世代が違いますから、キム・ソンヒ先生については伝説のような話ばかり聞きましたよ。緊急措置が激しかった維新末期*2に、汝矣島《ヨイド》でのイースターミサに数十万人の信徒が集まったとき、壇上に駆け上がったそうですね。二十一、二歳の工場の女性従業員数人が、生中継中のCBS放送のマイクを引っこ抜いて、われわれは人間だ、労働三権を保障せよ、と何度も叫んでから引きずり下ろされたとか。

彼は真面目に聞く。

イム先生もあのことに関係なさったのでしょう？

あなたは首を振る。

あのとき私はソウルに居なかったのです。

あ、聞いたところでは刑務所にも居たことがおありとか……私はあのことのせいだったと思っていたのですが。同僚たちも皆、そうだと思っているのですが。

暗い窓からじめじめした風が吹き込んでいる。何かが吐き出す長い息のようだと、ふとあなたは思う。巨大な生き物のような夜が、口を開けてひどく湿った呼気を吐き出す。オフィスにぎっしり密閉されていた熱い空気を真っ暗な肺腑に吸い込む。

不意の疲労を覚えながらあなたはうなだれる。コーヒーカップの底にたまった赤褐色の澱《おり》をしばらく見つめる。答える言葉が見つからない場合にいつもそうするように、顔を上げて微笑を浮かべる。幾筋かの細いしわが、あなたの口元にできる。

二二：三〇

ソンヒ姉さんは私とは違うわ。

姉さんは神も信じ、人間も信じるからよ。

私は一度も姉さんに説得されはしなかったわ。

ひたすら愛で私たちを見守るという存在を信じることができなかったのよ。

主の祈りだって最後まで声に出して読むことができなかったのよ。

私が彼らの罪をゆるすように、父なる神が私の罪をゆるしてくださるなんて。

私は何もゆるさないし、ゆるしを受けもしないわ。

二二：四〇

明かりが薄暗いバス停の表示板の前に、あなたは立っている。

手帳と本と筆記用具、洗面道具、二五〇ミリリットルの水入りボトル、ポータブルレコーダーとテープを詰め込んだ、ずっしり重いリュックを両肩に掛けている。

計三路線のバスが発着する、ひっそりとしたバス停だ。それらのバスが立て続けに停車し、乗客を乗せていった後、あなたは一人残った。街灯の明かりが届かない薄暗い歩道のブロック敷を、あなたは黙ってにらむ。

あなたは表示板を背にして前に歩き出る。肩に食い込むリュックの肩紐に両手を差し込む。

生ぬるい夏の夜の熱風を感じながら、ゆっくり体を動かす。右側から左側に、また左側から右側に歩く。歩道と車道の境まで行って引き返す。

パクチーム長が資料を取りそろえてオフィスを出るとき、あなたもリュックを背負って出た。途切れがちな会話を続けながら、ここまで歩いてきて彼がバスに乗るのを見守った。バスの窓からきまり悪そうな顔で目礼する彼に目礼を返した。

彼が現れなかったらできただろうか、とあなたは思う。

勇気を出して録音ボタンを押すことができただろうか。

沈黙と空咳と躊躇《ちゅうちょ》、あいまいな単語やぎこちない単語を重ねたりつないだりして、どんな内容の証言を完成することができただろうか。

そうできると信じたから、あなたは光復節*3連休の今日、オフィスにやって来た。時間がかかって遅くなる場合は徹夜するつもりで、洗面道具まで用意してきた。

でもほんとにそれが可能だっただろうか。

狭くてさらに蒸し暑い自分の部屋にこれから戻ったら、レコーダーとテープを食卓に取り出して、最初からまた始めることができるだろうか。

二二：五〇

先の月曜日、遅ればせにソンヒ姉さんの消息を伝え聞いて、あなたはすぐ彼女に電話した。一時間おきにかけて四回目につながった。十年ぶりの会話は短くてありきたりの内容だった。放射線治療のせいでかすれたように変わった彼女の声に、あなたは息を殺して耳を傾けた。

久しぶりね、ソンヒ姉さんは低いしゃがれ声で言った。

元気にしているか気になっていたのよ。

病院に見舞いに行くとあなたが言わなかったから、彼女もやはり来なくてもいいとは言わなかった。次の日にユンからの小包があなたのオフィスに配達されたのは偶然にすぎなかったけれど、耐え難い二つのことが針金の結び目みたいに絡まってしまった訳について今、あなたは考えている。

録音することとソンヒ姉さんに会うこと。

ソンヒ姉さんと会う前に録音をすること。

二三：〇〇

耐えるのはあなたの最も得意なことだ。

中学校を卒業する一学期前からあなたは働きだした。刑務所で過ごした一年余りを除けば、労働を中断したことはない。どの時期だってあなたは誠実で寡黙だった。仕事はあなたに孤独を保障してくれる。仕事と短い休息と眠りの規則的なリズムの中で一人暮らしができる限り、明かりの円の外側を怖がる必要はない。

だけど二十歳になるまで、あなたがしていたことは違っていた。

あなたは一日に十五時間働き、月に二日休んだ。給料は男性従業員の半分だった。残業手当はなかった。眠気防止剤を毎日二錠飲んでも、眠気は容赦なくやって来た。立ったままうたた寝すると、作業班長が悪態をついたりビンタを張ったりした。午後から重たくむくんだふくらはぎと足の甲。品物をくすねるかもしれないという理由で、退勤する女性従業員の身体検査をした警備員。ブラジャーの周りを探るときに動きが鈍くなった彼らの手。屈辱。咳。頻繁な鼻血。頭痛。痰《たん》を吐くと塊になって出た黒っぽい糸くず。

私たちは高貴なの。

ソンヒ姉さんはしょっちゅうそんなふうに言った。休みの毎日曜日、清渓《チョンゲ》被服労組の事務所で労働法の講義を聴いていた彼女は、自分が習ったことをノートにびっしり整理してきて小集会で講義した。漢字の勉強をするのだというソンヒ姉さんの言葉に、あなたは特に不安もなくその集いに加わった。実際に姉さんたちは集まるとすぐに漢字の勉強から始めた。千八百字は知っておかなくちゃ、新聞くらい読めるように。各自ノートにペンで三十字ずつ書いて暗記するのが終わると、ソンヒ姉さんのぎこちない労働法の講義が始まった。だから……私たちは高貴なの。言葉に詰まったりすぐに思い出せなかったりするたびに、ソンヒ姉さんは合いの手を入れるようにこの言葉を挟んだ。憲法によると、私たちは誰だって同じように高貴な存在なのよ。そして労働法によると、私たちには正当な権利があるの。彼女の声は、小学校の教師のように優しく美しかった。この法律のために死んだ人がいるの。

御用組合を圧倒的な票差で下して選ばれた労組の幹部を、救社隊[*4]と警官が引っ張っていった日、二交代勤務をしようと、寄宿舎を出て出勤した数百人の女性従業員が人間の壁を作った。年はせいぜい二十一、二歳、ほとんどが十代の女の子だった。ちゃんとしたスローガンも歌もなかった。捕まえないで、やめて、捕まえないで。そう叫ぶ彼女たちに、角材を持った救社隊が飛び掛かった。ヘルメットと盾で重装備した百余人の警察官を、窓という窓に金網が施された戦闘警察部隊の車を、あなたは見た。何のためにあんなに重装備したんだろう、とふと思った。私たちは戦うこともできず、武器もないのに。

ソンヒ姉さんが大声で叫んだのはそのときだった。服を脱ぐのよ。みんな、服を脱ぎましょう。誰からともなく彼女たちは服を脱いだ。捕まえないで、と叫びながらブラウスとスカートを脱いでそれを振った。彼女らの最も内密なもの、誰もが大切だと言うもの、服を脱いだ乙女の体に彼らは触ることができないはずと信じていたからだ。ところが彼らは、ブラジャー姿の女の子たちを地面に引きずっていった。背中や腰の素肌が砂にこすれて血が流れた。髪がもつれ下着が引き裂かれた。やめて、捕まえないで。鼓膜が破れるほど甲高い叫び声の中、彼らは数十人の労組員たちを棍棒と角材で殴り、金網張りの護送車に放り込んだ。

十八歳だったあなたは、最後に連行されるとき砂地で滑って転んだ。急いでいた私服刑事があなたのおなかを足で踏みつけ、脇腹を蹴飛ばしてから去っていった。地面に腹這いになったあなたの意識がぼうっとかすんでは戻った。女の子たちの甲高い叫び声が遠くなっては近くなった。

緊急治療室に背負われていったあなたは腸破裂と診断され、入院中に解雇通知を受けた。退院後、姉さんたちと一緒に復職闘争をせずに、あなたは郷里の実家に帰った。体を動かせるようになってから仁川《インチョン》に戻り、ほかの紡織工場に就職したものの一週間もしないうちに解雇された。あなたの名前がブラックリストに載っていたのだ。結局あなたは二年余りの紡織工場従業員のキャリアを諦め、親戚の世話で光州市忠壮路のブティックに裁縫師見習いとして就職した。給料は工場従業員だったころよりさらによくなかったけれど、辞めたいと思うたびに漠然とソンヒ姉さんの声を思い出した。**……だから、私たちは高貴なのだから。**そんなときには彼女に手紙を書いた。**私は元気にしています、姉さん。裁縫師には簡単になれそうもないけれど。技術が難しいというより、ちゃんと教えてくれないのが問題なの。でも忍耐心を持って習わなくてはね。**技術、忍耐心といった単語は、小集会で習った漢字で一字一画きちんと書いた。ソンヒ姉さんがよく足を運んでいる産業宣教会宛てに手紙を送ると、ごくたまに短い返事が届いた。**そうしなくちゃね。あんたは何をしたってうまくいくはずよ。**そんなふうにして一年二年と時が流れるうちに、二人の連絡は途絶えた。

何とか技術を習得して三年後に裁縫師になったとき、あなたは二十一歳だった。その年の秋、あなたより若い女性の工場従業員が、野党の建物で籠城中に亡くなった。サイダー瓶のかけらで自ら手首を切り、三階から飛び降りたという政府の発表をあなたは信じなかった。パズル合わせをするように新聞に載った写真を、検閲されてがらんとなった空欄を、激高した社説の暗い反対側をのぞき込んでみなくてはならなかった。

あなたのおなかを踏みつけ、脇腹を足蹴にした私服刑事の顔をあなたは忘れなかった。中央情報部が救社隊を直接教育し、支援しているということを、その暴力の頂点に軍人大統領*5が居ることを忘れなかった。あなたは大統領緊急措置第九号[*6]の意味を理解し、大学の正門でスクラムを組んだ学生たちが叫ぶスローガンを理解した。さらに釜山《プサン》と馬山《マサン》で起きたことを理解するために、新聞の中のパズルを合わせた。壊れた電話ボックスと燃える派出所、投石戦を繰り広げる怒れる群衆。ひたすら想像で類推しなくてはならない空欄の文章。

大統領が突然死亡した十月、あなたは自問した。今はもう暴力の頂点が消えたのだから、これ以上、彼らは服を脱いで泣き叫ぶ女性従業員を連行することはできないだろうか？　倒れた女の子のおなかを踏みつけて、内臓を破裂させることはできないだろうか？　朴大統領の信任を受けたという若い少将が装甲車を率いてソウルに入城するのを、直ちに中央情報部長を兼務するのを、あなたは新聞を通して見つめた。静かに鳥肌が立った。**恐ろしいことが起きそうだわ。**イム嬢は新聞がそんなに好きなの？　中年の裁断師はあなたをよくからかった。若いっていいわね、こんなに小さな字が眼鏡もなしに読めて。

そして、そのバスをあなたは見た。

ブティックの主人夫婦が大学生の息子を連れて、霊岩の弟の家に移ってしまったうららかな春の日だった。昼間にすることが急になくなり、不慣れな街歩きをしていたあなたの目に、その市内バスが映った。戒厳解除。労働三権保障。車の窓の下に横長く掛けた白い懸垂幕に、青いマジックで書いた字が見えた。作業服を着た全南《チョンナム》紡織の、数十人の女性従業員がバスにぎっしり乗っていた。日差しを浴びずに伸びて、ゆでられたキノコのように青白い顔の女の子たちが棒切れを手にし、窓の外に腕を差し出して車体をたたきながら歌を歌った。あなたが覚えている甲高い声、何かの鳥や幼い動物たちが一斉に出すような声だった。

我々は正義派だ　そうだ　そうだ
生きるも一緒　死ぬのも一緒　そうだ　そうだ
膝を折った生よりも　すっくと立った死を望む
我々は正義派だ

はっきり覚えているその歌に引かれ、あなたは魅せられたようにそのバスが走り去った方に向かって歩いた。数十万の群衆が街の至る所にどっと押し寄せ、広場に向かっていた。早春からスクラムを組んで歩き回っていた大学生たちの姿は見えなかった。老人、小学生の児童、作業服姿の男女の工場従業員、ネクタイを締めた若い男性、ツーピース・スーツにハイヒールを履いた若い女性、武器のつもりで長い雨傘を持って出てきたセマウルジャンパー[*7]姿のおじさん。それらあらゆる人々の行列の先頭を、新駅で銃撃された青年二人の遺体が手車に載せられて広場へと進んでいた。

二三：五〇

あなたは急な階段を歩いて上り、地下鉄の駅構内を抜け出る。車内のエアコンの風でひんやりと乾いた肌に、また湿気が絡みつく。ひどい熱帯夜だ。午前零時近いのにまだ風が冷めていなかった。

出口の前に立てられた病院の案内掲示板を見て、あなたは立ち止まる。昼間だけ運行するシャトルバスの時刻表をしばらく見つめた後、リュックの下に両手を差し込む。生ぬるい空気を吸い込みながら丘の道を歩いて上る。時々リュックの肩紐から手を抜き、汗でべとついた首を拭う。

誰かが白のスプレーで雑な落書きをした商店のシャッターの前を、あなたは通り過ぎる。二十四時間営業のコンビニの前に置かれたパラソルの下に群れて、缶ビールを飲んでいる男たちの前を通り過ぎる。丘の上にある大学病院の建物をあなたは見上げる。甲高く響く女の子たちの歌声がこの夜以降、はるか遠い過去のバスから響いてくるのが聞こえる。**膝を折った生よりも　すっくと立った死を望む　先に逝った方たちのために皆で黙祷しましょう、先に逝った方たちに続いて最後まで戦い抜きましょう　だから……私たちは高貴なのだから。**

〇：一〇

病院の正門に入ると、暗い丘の坂道は両側に街灯をつけたまま葬儀場の方へ、病院の本館と別館の方へ柔らかな曲線を描いて延びている。花輪が立ち並ぶ葬儀場の玄関の前をあなたは通り過ぎる。白いシャツに黄色い腕章を着けた青年たちが向き合って立ち、たばこを吸っている姿を見る。

夜は更けたけれど、あなたは眠くない。リュックが重くて、背中と肩が汗でぐっしょり濡れたけれど気にしない。目覚めているときより鮮明な夢を思い出しながら、あなたは歩き続ける。数百枚もの鉄の鱗《うろこ》を縫い重ねたような鎧《よろい》を着て、あなたは高層ビルの屋上から落ちる。頭から地面にぶつかったのに死なず、また非常階段を歩いて上る。再び屋上からためらわず落下する。今度も死なずに非常階段を上る、もう一度落ちるために。**あんなに高い所から落ちるのに鎧が何の役に立つかしら。**一つの夢の襞《ひだ》を開きながら、あなたは自分に問う。だけど目が覚める代わりに、次の夢の襞に入り込んでいく。巨大な氷河があなたの体を上から押さえつける。固体のあなたはつぶれる。氷河の下に流れていきたいとあなたは思う。海水でもいい石油でもいい溶岩でもいい、何か液体状のものになって、この重さから抜け出さなくてはならない。そうするしか道はない。その夢すらも開いて外に出ると、ついに最後の襞の夢が待っている。灰白色の街灯の下で暗闇を見つめながら、あなたは突っ立っている。

目覚めに近づくほど、夢はそんなふうに残酷さが弱まる。眠りはさらに浅くなる。書道半紙のように薄くなってカサカサ音を立てているうちに、ついに目が覚める。悪夢なんかどうということもないと悟らせる記憶の数々が、静かにあなたの枕元で待っている。

○・二○

何が問題なのか、とあなたは自分に尋ねてみたことがある。全て過ぎ去ったことではないか。ほんの少しでもあなたに苦痛を与える恐れのある人は、自らきれいさっぱり追い払ったではないか。

それがそんなに難しいことなの、と聞き返したソンヒ姉さんの冷静な声をあなたは覚えている。何の権利があって私の話をほかの人にするの、とあなたが歯を食いしばりながら聞いたときだった。続けて答えたソンヒ姉さんの落ち着いた顔を、あなたはこの十年間許さなかった。

私だったらあんたみたいに隠れなかったわ、と彼女ははっきり言った。**自分自身を守ることで、残りの人生をやり過ごしたりはしなかったってことよ。**

八カ月間、夫だった男性の柔和な声をあなたは覚えている。目が小さなところがかわいいですね、と彼は最初に言った。ソンジュさんの顔を描くには、単純な線をいくつか引くだけでよさそうですね。長い目と鼻と口と、白い紙にさっさっとすっきりと。子牛のように大きくて潤んだ彼の目をあなたは覚えている。唇がゆがんでいく彼の姿を、白目が充血したままぼうっとあなたを見つめた瞬間を覚えている。それやめてよ、と彼はあなたによく言った。そんなに怖い目で僕を見ないでよ。

少し前にオフィスで読んだ、催促するつもりはありません、という文章で始まるユンの長ったらしい催促のメールを覚えている。私はあの暴力の経験を、十日間という短い抗争期間に限定することはできないと思っています。チェルノブイリ原発事故での被曝《ひばく》が過去のものではなく、数十年間続いているのと同じです。できたら十年後にも続編の論文を書くつもりです。どうか私を助けてください。記憶をたどって証言を補足してください。

○：三○

入院病棟がある本館のロビーでは、照明がすっかり消えている。別館の側面にある緊急治療室の入り口にだけ、明々と照明がついている。ちょうど急患を搬入したばかりのようで、地方病院の救急車が一台、非常点滅灯をつけて後部ドアを開けたまま停車している。

ぱっと開け放たれた玄関を通って、あなたは緊急治療室の廊下に入る。うめき声と切迫した声、何かを激しく吸入する医療器具の機械音、患者用のベッドを移動させる騒がしい車輪の音を聞く。収納窓口の前には何列か背もたれのない椅子が置かれていて、そこに腰掛けたあなたに窓口の中年女性が尋ねる。

どのようなご用で?

……面会です。

事実ではない。あなたはここで誰とも会おうとはしなかった。面会ができる朝になったとしても、ソンヒ姉さんがあなたと会うことを望むかどうかも分からない。

登山服姿の中年男性が、同僚に脇を支えられて入ってくる。腕に雑な添え木をしているところを見ると、夜間の登山中に負傷したようだ。大丈夫だよ、もう着いた。リュックを二つ肩に担いだ同僚が、けがした男性を慰める。二人の顔がそっくりにゆがんでいるのをあなたは見る。あらためて見ると、同僚ではなく兄弟のように顔立ちが似ている。もう少し我慢しろ。すぐ医者が来るからな。

すぐ医者が来るからな。

呪文のように彼が繰り返すのを聞きながら、あなたは椅子の端っこに身じろぎもせず座っている。ずっと以前あなたに、医師になりたいと言っていた女の子のことを思う。

ソンヒ姉さんが小集会で新会員を得ようと言って、あなたが声を掛けてみた子だった。あなたと同じく中学校を卒業する前に年をごまかして工場に入ってきた、にこにこ笑う小柄なその子は断った。組合活動、私は積極的にはできないんです。解雇されたら困るんですよ。弟の学費も仕送りしなくてはいけないし、いつか私も勉強するつもりですから。医師になりたいんです。

腸破裂であなたが入院しているときだった。明洞聖堂《ミョンドン》*8に籠城中、ちょっと見舞いに来た同僚が言った。

……あちこちに散らばっていた私たちの靴をチョンミが全部集めて、労組の事務室に持ってきたそうなの。あのちっちゃい子が、ひどく悲しげに泣いていたそうなのよ。

連行されないようにもがいているうちに脱げた靴が、四方に散乱していたのだ。十六歳になるあの子は何が自分を泣かせるのかも分からないまま、その靴を胸に抱えて二階の労組の事務室に、誰も残っていないがらんとした部屋に上がっていったのだ。
その日の午後、回診にやって来たさっぱりした顔の医師とレジデントとインターンたちをあなたはまじまじと見上げた。あの子は彼らのような医師にはなれないと、そのとき思った。弟に大学を卒業させたら二十代半ばにはなるだろうし、それから中学校卒業程度認定試験の準備をするとしても……いや、あの子はそれまで工場で持ちこたえることすらできないだろう。あの子はよく鼻血を出し、激しく咳き込んだ。生育のよくない幼い大根のような細いふくらはぎで紡織機の間を走り回っているうちに、柱に寄り掛かって意識をなくしたようにうとうとと寝入った。どうしてこんなにうるさいの？　声がちっとも聞こえないわ。仕事の初日には紡織機のあまりにも大きな騒音に驚き、おびえたように目を丸く見開いてあなたに叫んだ。

二：〇〇

消毒液のにおいがかなり強い病院のトイレの鏡の前で、あなたはボトルの水を飲み干す。洗面台で水を流して顔を洗い、時間をたっぷりかけて歯を磨く。十余年前にソンヒ姉さんに付いて現場で長期籠城をしたときのように、トイレに備え付けられた石鹸で髪を洗ってから、ハンカチで水気をはたき落とす。布の巾着袋からサンプルのローションを取り出して、青白い顔に塗り伸ばす。

先の月曜日、電話で聞いたソンヒ姉さんの声が以前と違っていたせいで、一瞬あなたは彼女の顔が思い出せなかった。電話を切ってからやっと聡明なまなざしが、笑うときによく見せたピンク色の歯茎が思い浮かんだ。十年たったから顔も変わっただろう。老けただろう。やつれただろう。今は寝入っているだろう。息をするときの低くかすれた音が、病んだ動物のようにいびきをかく音が、一緒に漏れ出ているだろう。

二十代のソンヒ姉さんが数年間世話になった所、警察がむやみに押し入ることができなかった所、外国人の労働者兼牧師が住んでいた二階建ての家の屋根裏部屋で、あなたまでちゃっかりと寝ていた晩冬の夜、小学校の教師のような印象とは裏腹に、ソンヒ姉さんは一晩中いびきをかいた。あなたが壁の方に寝返りを打っても、ナフタレンのにおいがする綿入れ布団を額までかぶっても、そのいびきの音から逃れることはできなかった。

二：五〇

収納窓口前の長椅子はコンクリート壁に接しており、その隅の席でリュックを抱きかかえてうずくまっているあなたは、ついうとうとと眠った。びくりと眠りが浅くなるたびに、ユンのメールで繰り返された単語がカーソルのようにまぶしくちらつく。証言。意味。記憶。未来のために。

電球の中のフィラメントのようにか細い神経の覚醒とともに、あなたは目を開ける。まだ眠気が取れない顔で、薄暗い明かりの廊下と暗い緊急治療室のガラス戸を見渡す。引き潮のように眠気が引いて苦痛の輪郭がはっきりする瞬間、どんな悪夢よりも冷たい瞬間が再び訪れた。あなたが経験した全てが夢ではないことを確認する瞬間。

思い出してほしいとユンは言った。記憶と真っすぐ向き合って証言してほしいと言った。

だけど、そんなことが果たして可能だろうか。

三十センチの木の物差しで、子宮の奥まで数十回もほじくられたと証言することができるだろうか？　小銃の台尻で子宮の入り口を破られ、こねくり回されたと証言することができるだろうか？　出血が止まらずショック状態になったあなたを彼らが総合病院に連れていき、輸血を受けさせたと証言することができるだろうか？　二年もの間その出血が続いたと、血栓が卵管をふさいで永久に子どもを持つことができなくなったと証言することができるだろうか？

他人と、特に男性と触れ合うことに耐えられなくなったと証言することができるだろうか？　短い口づけ、頬をなでる手、夏に腕とふくらはぎを露わにして、誰かの視線にさらすことさえ苦痛だったと証言することができるだろうか？　肉体を憎悪するようになったと、あらゆるぬくもりとこの上ない愛を、自らぶち壊しながら逃亡してきたのだと証言することができるだろうか？　さらに寒い所、さらに安全な所へ。ひたすら生き残るために。

三：〇〇

あなたが座った所から一部だけ見える緊急治療室の内側は、相変わらず真昼のように照明がともされている。幼い子どものものとも若い女性のものともつかないうめき声が聞こえる。保護者とおぼしい中年男女の声が高くなる。慌ただしい足音を立てて走っていく看護師の横姿が見える。

あなたはリュックを背負って立ち上がり、玄関から表に出る。エンジンを切った二台の救急車が、冷ややかな明かりを浴びてうずくまっているのを見る。もう風は生ぬるくない。ようやく熱気が冷めたようだ。

人けがなくなったアスファルト沿いにしばらく下り、あなたは立ち入り禁止の芝生に入る。芝生を斜めに横切り、病棟の本館に向かって歩く。靴下のネックが短く、伸びた湿っぽい草があなたの足首を濡らす。雨が降りだす直前の、土の濃いにおいをあなたは吸い込む。芝生の中央に懸垂幕で覆われ、並んで横たわっていたという女の子たちの顔をふと思い浮かべる。起き抜けの顔で懸垂幕を掲げて立ち上がり、芝生を歩いてくる女の子たちの軽やかな足取りを思い浮かべる。喉が渇く。一時間前に歯を磨いたのに舌の奥が苦い。真っ暗な芝生の下で踏んでいるのは土ではなくて、細かく砕けたガラス片のようだ。

三：二〇

その夜から先はおしぼりをドアの取っ手に掛けなかったの。

だけどその年の冬が終わるまで、もうおしぼりが要らない春になってからも、その音がドアの方から聞こえたわ。

今もまだ時々、首尾よく悪夢を見ずに目が覚めようとする瞬間には、その音が聞こえるの。

そのたびに私は、暗闇に向かって震えるまぶたを開けるのよ。

誰なの。

誰が来ているの。

誰がこんなに軽やかな足取りでやって来るの。

三：三〇

全ての建物のシャッターが下ろされていた。

全ての窓に鍵が掛けられていた。

その暗い街の上から、氷の瞳のような立待月《たちまちづき》が、あなたの乗った小型トラックを見下ろしていた。

街頭放送のほとんどは女子大生が行った。彼女たちが疲れ切ったとき、喉がかれてもう声が出ないと言ったとき、あなたは四十分余りメガホンを手にした。明かりをつけてください、皆さん。あなたはそう言った。真っ暗な窓に向かって、人の気配がまったく感じられない路地に向かって言った。どうか明かりだけでもつけてくださいい、皆さん。

軍がそのトラックを明け方までほったらかしにしていたのは、兵力の移動経路を隠しておくためだったということをあなたは後になって知った。夜が明ける直前に逮捕された後、女性たちは光山《クァンサン》警察署の留置場に、運転を担当した青年は尚武台に連行された。銃器を持っていたために、あなたは女子大生たちとは別に収監され、保安部隊に移送された。

そこであなたは、名前の代わりにアカ女と呼ばれた。かつて工場の女性従業員として労組活動をしていたからだった。地方都市のブティックに四年間潜伏して、スパイの指令を受けてきたというシナリオを完成させるために、彼らは毎日あなたを取調室のテーブルの上に横たえた。汚いアカ女。いくら声を上げようが、誰も来やしないぞ。取調室の照明は、細かくちらつく蛍光灯だった。日常的なその明るい照明の下、あなたが出血の末に気を失うまで、彼らはやめようとしなかった。

ソンヒ姉さんと再会したのは刑務所から釈放された翌年だった。産業宣教会とクリスチャン・アカデミーで彼女の居所を探し、九老洞《クロドン》にある麺類の店で会った。あなたの話を聞いた彼女は驚いたように首を振った。

あんたが刑務所に居たなんて夢にも思わなかったわ。静かにちゃんと暮らしているものと思っていたのに。

数年間、逃避と収監を繰り返してきたソンヒ姉さんの顔は、頬がげっそりとこけて別人のように見えた。二十七歳なのに、実際の年より十歳は老けて見えた。白い湯気を立てて冷めていく麺の前で、彼女はしばらく黙っていた。

チョンミがあの春に行方不明になったそうだけど、知ってた?

今度はあなたが首を振った。

あの子がしばらく労組の仕事を手伝ってくれたのよ。ところがブラックリストのせいで私たちが苦労しているのを見て心配になったのか、解雇される前に自分から工場を辞めたのよ。それから消息が途切れていたけど……その話は私も最近聞いたのよ。日新紡織《イルシン》で一緒に夜学に通っていたっていう同僚から。

母国語が理解できなくなったかのように、あなたはソンヒ姉さんの唇の形をじっと見つめた。あんた、そこで四年間暮らしていたんだってね。大きな都市でもないのに、行き来しながら一度も会えなかったなんて。

あなたはすぐ答えることができなかった。その子の顔をはっきりと思い出すこともできなかった。何かを思い出そうと努めることにあなたは疲れていた。いくつかの白い斑点のような記憶の断片が浮かんでは消えた。白い肌。びっしり詰まった前歯。**医師になりたいんです。**労組の事務室までその子が抱きかかえて上がってきたという、今は名前を忘れた同僚が病院に持ってきてくれたあなたのスニーカー。それが全てだった。

四：〇〇

死ぬためにその都市にもう一度行ったの。

釈放された後しばらくの間は兄さんの家に世話になったけれど、一週間に二度も警察がやって来るのにもう耐えきれなくなったのよ。

二月初めの明け方だった。持っている中で一番清潔な服を取り出して着て、ざっとかばんに荷物をまとめて高速バスに乗ったの。

ちょっと見には、その都市は変わったところがないように思えた。でも、全てが変わったんだってことがすぐに感じられた。道庁の別館の壁には銃弾の痕が残っていた。暗い色の服を着込んで行き来する人たちの顔は、透明な傷痕が刻まれたみたいにゆがんでいた。彼らの肩にぶつかりながら、私は歩いた。空腹ではなかった。喉が渇きもせず、足が冷えもしなかった。日が暮れるまで、次の日の夜明けまででもずっと歩いていられそうだったわ。

そうしているうちに君を見つけたのは錦南路《クムナムノ》だったの。

カトリックセンターの外壁に、学生たちが貼っていったばかりの写真をのぞき込んだときだった。

いつだって警察が現れそうだった。その瞬間にもどこからか私を見張っているかもしれなかったの。私は素早く写真の一枚を剥ぎ取った。それをくるくる丸めて握って歩いた。大通りを渡って路地の奥に入っていった。以前はなかった音楽喫茶の看板が見えたの。息を切らしながら五階まで階段を上り、洞窟のような奥まった部屋に座って、コーヒーを頼んだ。店員がコーヒーを持ってくるまでみじろぎせずに待った。音楽のボリュームが大きな店だったはずなのに、深い水の中に浸かったみたいに何も聞こえなかった。すっかり一人きりになってから、やっと写真を広げたの。

君は道庁の中庭に横たわっていた。銃撃の反動で、腕と足が交差して長く伸びていた。顔と胸は空を向き、両足はそれとは逆向きに開いた状態で、その爪先は地面を向いていた。脇腹が激しくねじれたその姿が、いまわの際の苦痛を物語っていた。

息ができなかったの。

何も言えなかったわ。

つまりあの夏に君は死んでいたのね。私の体がとめどなく血をあふれ出させているとき、君の体は地中で猛烈に腐っていたのね。

その瞬間、君が私の命を助けたのよ。あっという間に私の血をぐらぐらと煮え返らせてよみがえらせたのよ。心臓が破けるような苦痛の力、怒りの力で。

四：二〇

病棟本館横の駐車場入り口に、明かりのついた警備室がある。栗色の回転椅子の背もたれに後頭部を載せて、口を開けたまま眠っている警備員の老いた顔をあなたは見る。警備室の軒には、薄暗い白熱灯がぶら下がっている。明かりが照らすコンクリートの床には、死んだ羽虫が散らばっている。もうすぐ東の空が明るむはずだ。次第に明るくなって、八月の焼け付くような日差しが赤々と燃えるはずだ。かつて持っていた命をなくした全てのものが素早く腐っていくはずだ。ごみを出しておいた路地ごとに悪臭が広がるはずだ。

ずっと前にトンホとウンスクが小声で交わした会話をあなたは覚えている。どうして太極旗で遺体を包むのか、なぜ愛国歌を歌うのかとトンホは聞いた。ウンスクがどう答えたかは思い出せない。

今だったらあなたはどう答えるだろうか。太極旗で、せめてもの慰めにといった思いからそれで包んでみようとしただけなのよ。私たちは惨殺された肉の塊であってはならないから、必死に黙祷をして愛国歌を歌ったのよ。

その夏から二十余年の時が流れた。根絶やしにすべきアカのやつら。彼らが悪態をつきながらあなたの体に水をぶっかけた瞬間に背を向けて、ここまでやって来た。その夏以前に戻る道は閉ざされた。虐殺以前、拷問以前の世界に戻るすべはない。

四：三〇

その足音が誰のものか私には分からないの。

いつも同じ人なのか、そのたびに違う人なのかも分からないの。

もしかしたら一人ずつではないかもしれないのよ。たくさんの人たちがかすかに広がって互いに染み込み、とても軽やかな一つの体になって、やって来るのかもしれないのよ。

四・四〇

ただ、時々あなたは思う。
真昼、ひときわ静かな休日の午後、日差しが差し込む窓を見ているうちにふとトンホの横顔がぼんやりと思い浮かぶとき、目の前にちらつくそれが魂ではないのだろうか。思い出せない夢のために頬が濡れている夜明け、その顔の輪郭がにわかに鮮明になるとき、魂がもじもじしながらそこに居るのではないだろうか。もしも魂の居場所があるとしたら、そこは暗いだろうか、かすかに明るいだろうか。トンホは、チンスは、あなたの手で収拾した尚武館の人たちはそこに集まっているのだろうか、それぞれ散り散りになっているのだろうか。

自らは勇敢でもなく、強くもないことをあなたは知っている。
あなたの選択はいつも最悪の状況を避ける側だった。警察の足で下腹を踏まれたとき、労組を去った。刑務所から出た後、ソンヒ姉さんに付いてしばらく労働運動に携わったけれど、ソンヒ姉さんとは違って穏健な実務だけを担当した。引き止めようとする彼女を振り切って労組を離れ、性格の異なる団体に移ってきたし、彼女に深い傷を負わせることを承知の上で、その後はもうソンヒ姉さんを訪ねようとはしなかった。今あなたの肩を押さえつけているリュックに入れたポータブルレコーダーとテープを、結局は月曜日の朝に郵便局に寄ってユンに返送してしまうだろう。

しかし同時にあなたは知っている。その年の春のような瞬間が再び差し迫ったら、同じような選択をすることになるかもしれないことを。小学校のときにドッジボールの試合で、すばしこくボールを避けてばかりいるうちに一人だけになると結局、正面からボールを受け止めなくてはならない瞬間が訪れたように。バスからどっと沸き上がる女の子たちの甲高い歌に引かれて広場の方へ、銃を持った軍隊が警備する広場の方へ歩いたように。しまいまで残ると静かに手を挙げた最後の夜のように。犠牲者になってはいけない、とソンヒ姉さんは言った。**私たちを犠牲者と呼ばせてはいけない。**目を開けた月が黙ったまま、屋上の女の子たちを見下ろしていた春の夜だった。そのとき口の中にひときれの桃を入れてくれた人は誰だったのだろう？あなたは思い出せない。

四：五〇

姉さんに会って何を言いたいのか自分でも分からないわ。
私が姉さんに背を向けた瞬間、
心臓にセメントを流し込んだみたいに、姉さんについての全てのこと、複雑で熱くて古びたものをいっぺんにふさごうとした瞬間、
その瞬間にうまく触れずに姉さんと会えるかしら。
会えたところでどんなことを言えるかしら。

病棟を後にしてあなたは歩く。ほの明るくなり始めている芝生を横切る。両手をそろえて後ろに回し、鉄のように肩を押さえつけているリュックを支える。幼子をおんぶするように。おくるみの下に手を支えてあやすように。

私に責任があるのよ、そうでしょ？

唇を噛みしめたまま、目の前で揺らめいている青みがかった闇に向かって、あなたは問い掛ける。

家に帰りなさいと私が言っていたら、のり巻きを分け合って食べて、立ち上がりながらそん

なふうにしっかり言い付けていたら、君は残らなかったはずよ、そうでしょ？

だから私の所によく来るの？

なぜまだ私が生きているのか、その訳を聞こうとして。

鋭いもので何度も引っかいて、赤い筋が走ったような目をしてあなたは歩く。緊急治療室の明かりに向かって早足で進む。

五：○○

いえ、

姉さんに会って言うことは一つだけよ。

できることなら。

どうかできることなら。

葬儀場と緊急治療室を、病棟と病院の正門を隔てる道を照らしていた街灯が一斉に消える。道の中央に引かれた白色の直線に沿って、あなたは顔を上げて歩く。ひんやりした雨粒があなたの頭頂に、あなたのスニーカーが踏み出すアスファルトに落ちてにじむ。

死なないで。

死なないでください。

＊1【屋根部屋】韓国語で「屋塔房」（オクタッパン）と言い、屋上に建てられたプレハブ風の簡素な部屋であることが多い。

＊2【維新末期】朴正煕軍事政権下の一九七二年に新憲法（維新憲法）を制定、強大な大統領権限を手中にし「維新体制」といわれる独裁体制を固めた。以降、一九七九年秋に部下に殺害されるまでの朴政権終盤を指して「維新末期」と言う。

＊3【光復節】日本の無条件降伏で太平洋戦争が終結した八月十五日、一九一〇年の「日韓併合」以降の植民地支配から解放されたことを記念する日。

＊4【救社隊】労働運動を抑圧するために会社側が雇用した人々を指す。

＊5【軍人大統領】朴正煕。一九一七年生まれ。韓国の第五・六・七・八・九代大統領（在任＝一九六三～一九七九年）。一九七九年十月二十六日、金載圭（キム・ジェギュ）KCIA部長に射殺された。韓国では一九六三年から一九九三年まで三十年間、朴正煕、全斗煥、盧泰愚と、三人の軍人出身大統領が続いた。

＊6【大統領緊急措置第九号】朴正煕政権下の一九七五年五月十三日に布告された「国家安全と公共秩序の守護の為の大統領緊急措置」。違反者は令状なしで逮捕、押収、捜査できることが明記されていた。

＊7【セマウルジャンパー】セマウルは〈新しい村〉の意。セマウル運動は一九七〇年に朴正煕政権下の韓国政府がスタートし、全国で展開した地域振興政策。そのスローガンなどを柄にしたジャンパー。

＊8【明洞聖堂】ソウル都心部、明洞にあるゴシック建築のカトリック教会。

六章　花が咲いている方に

その男の子を追っかけていったんだよ。

男の子の足は速いし、母ちゃんは年を取っているし、いくらせっせと歩いても追い付けなかったのさ。ちらっとでも脇目をしてくれたら横顔が見えるのに、真っすぐ前ばかり向いてずんずん歩いていったんだ。

今どきの中学生の誰があんなに髪を短くするものか。おまえの丸っこい頭の形を母ちゃんはよく知っている、間違いなくおまえだったさ。下の兄ちゃんから譲られた制服はおまえには大きすぎたけど、三年生になってやっとちょうどよくなったんだ。おまえが朝、学生かばんを持って家を出るとき、ずっと後ろ姿を眺めていたいくらい服がぴったり似合っていたよ。ところがその男の子は学生かばんをどこかに置いて、手ぶらでひょいひょい歩き回っていたんだ。白い夏服の半そでから出た細い腕は、間違いなくおまえだったよ。狭い肩と細い腰と歩きぶりは、キバノロ[*1]みたいに前に伸ばした首は、どう見たっておまえだったんだよ。

おまえがせっかく母ちゃんの所に来てくれたっていうのに、通り過ぎる姿だけでもちょっと見せようとして来てくれたっていうのに、年寄りの母ちゃんはおまえを見失ってしまったのさ。市場通りの売り場の間を、路地の一つ一つを捜し回ったけれど居なかった。膝がずきずき痛んでふらふら目眩《めまい》がするから、地べたにしゃがみ込んだんだ。だけどこんな姿をご近所さんに見られでもしたら大ごとだから、まだ目眩はしていたけど地べたに手をついて立ち上がったんだよ。

　市場通りまでおまえを追っかけていったときは特に遠いとは思わなかったのに、帰りがけは喉がひりひり渇いちまってね。小銭一つ巾着袋に入れずに出掛けたものだから、どこか店にでも入って水を一杯もらいたかった。だけど物もらいの年寄りだと誰かに悪口を言われやしないか気になって、壁があるたびにそこに手をつきながら、そろりそろりと歩いてきたんだ。ひどい土ぼこりが舞っている工事現場の横を、口をぎゅっとふさいで咳をしながら通り過ぎたんだよ。あの子を追っていたときはなんで気が付かなかったのかねえ。あんなにうるさい工事現場があったってことに。あんなにやたらと地面を掘っていたってことに。

＊

　去年の夏、大雨で家の前の路地が水浸しになってしまったんだ。通りかかった子どもたちがしょっちゅうそこに足をはめたり、乳母車の車輪が落ち込んでそこから出られなくなったりして、とても危なかった。結局、市からやって来た人たちがアスファルトを新しく敷いてくれたんだ。九月初めごろのまだ暑い日だったから、さぞかし難儀したことだろうね。ぐらぐらたぎったアスファルトを手車に積んできて道のへこみにまいて、平らにならして。

作業の人が帰っていった夕方に、母ちゃんはちょっと表に出てみた。立ち入りできないように紐が張ってあったから、端っこだけそっと歩いてみたんだ。ぬくかったよ。足首に、ふくらはぎに、ずきずきする膝の中にぬくいものがいつまでも入ってくるんだよ。アスファルトが固まったのか翌朝には紐が片付けてあったから、その上もそろそろ歩いてみた。端っこよりもっとぬくかったよ。それでお昼どきも、夕方も、その次の朝もその上を歩いたのさ。ソウルからやって来た上の兄ちゃんの嫁がびっくりして聞いてきたんだよ。

お義母さん、じっとしていても暑いのに、どうしてアスファルトの上を歩くんですか。

体が冷えているからだよ。ここがどれだけぬくいことか。体中がぬくくなるんだよ。

お義母さん、最近ちょっと変だわ。

上の兄ちゃんは何年か前から、母ちゃんの顔さえ見ると一緒に暮らそうって言ってくれるんだけどね、その兄ちゃんが首を振るんだよ。

どこか変わってしまったな。

丸三日間そんなふうに熱気が残っていたのに、結局、アスファルトは冷めてしまったよ。残念がるようなことでもないのに、何だか名残惜しくてね。さっきお昼を食べた後も、しばらくその上に立って待っていた。冷めてしまったといったって、ほかの所よりか少しはぬくかったから。そんなふうにそこに立っていたら、こないだみたいにおまえがまたずんずん歩いて通り過ぎるかもしれないと思ったから。

分からない、なんであの日、おまえの名前を一度も呼ばなかったんだか。口がふさがってしまったみたいに黙って、ハアハア息を切らしながら後をつけたんだか。今度母ちゃんがおまえの名前を呼んだら、すぐ振り返っておくれ。一度も返事しなくていいから、ただ黙って振り向いておくれ。

*

違うよ。

そんなはずはないって母ちゃんは分かっている。

母ちゃんの手でおまえを埋葬したんだから。空色のトレーナーに教練服の上着を羽織っていたおまえを、白い夏物のシャツと冬物の黒い上下に着替えさせたんだから。皮のベルトもきちんと締めてやって、清潔な灰色の靴下を履かせたんだから。ベニヤ板で組み立てた棺におまえの体を寝かせて清掃車に載せて墓地に行くとき、おまえを見守るために母ちゃんは車の補助席に座った。清掃車の行き先も知らずに、おまえの柩がある荷台の方ばかり穴が開くくらい見つめていたんだからね。

ぱっと開けた砂地の丘で、黒い服を着た数百もの人たちがアリのように柩を担いで歩いていったのを思い出すよ。おまえの兄ちゃんたちが唇をぎゅっと噛みしめて泣きながら立っていたこともぼんやり覚えているんだ。父ちゃんが生きていたころ母ちゃんに言ったんだけどね、そのとき母ちゃんは泣きもせずに墓地の芝生の横で草を一つかみ、ちぎって飲み込んだそうだよ。飲み込んではしゃがみ込んで吐いて、吐いてはまた草を一つかみ、ちぎって噛んだっていうんだ。でも母ちゃんはそのことをちっとも覚えていない。墓地に行く前のことばかりはっきりと覚えているんだ。柩にふたをする前に見納めをしたときのおまえの顔がどんなに青白くやつれていたことか。おまえの肌があんなに白かったなんて、そのとき初めて知ったよ。

後になって下の兄ちゃんが言ったんだけどね。銃で撃たれて血があまりにもたくさん出たから、おまえの顔があんなに白かったんだよって。それで柩が軽かったんだよって。おまえがいくら成長しきっていないからといって、あんなに軽いはずはないって。そう言いながら両目は血走っていたんだよ。この敵《かたき》は僕が討つから。何てことを言うんだね、と母ちゃんはぎょっとしてそう言ったんだ。国に殺された弟の敵をどうやって討つんだね。おまえにまで万一のことがあったら、母ちゃんも一緒に死ぬからね。

そして三十年の歳月が流れるうちに、おまえと父ちゃんの命日にあの子が立ったまま口をつぐんでいるのを見ると、妙な気持ちになるよ。おまえが死んだのはあの子のせいじゃないのに、どうして友達の中で真っ先に背骨が曲がり、白髪になっちまったんだか。あの子はまだ敵を討とうと思っているんだろうか、そう思うと母ちゃんは胸がふさがるよ。

＊

それでも上の兄ちゃんは、何も引きずっていないように明るく過ごしてきたんだよ。月に二度、嫁と一緒にやって来るし、一人でもこっそり日帰りでやって来て、店でご飯を食べさせてくれたり、お小遣いをくれたりして、近くに住んでいる下の兄ちゃんより優しくしてくれるんだよ。

父ちゃんも上の兄ちゃんもおまえも、胴長で猫背気味だよ。目が細長くて、前歯がちょっぴり広がっているところなんか、おまえは上の兄ちゃんと瓜二つなんだよ。近ごろだって上の兄ちゃんが笑ったときに、兎《うさぎ》みたいに平べったい前歯が見えると、目の縁に深いしわが寄っていても若者みたいに純真に思えるんだよ。

上の兄ちゃんが十一歳になったときにおまえが生まれたんだけどね。上の兄ちゃんはそのころから女の子みたいな男の子で、赤ん坊が見たくて学校が終わったら走って帰ってきたんだ。おまえが笑ったらかわいいと、用心しいしい首を支えて抱っこしては、きゃっきゃっと笑うまで揺すった。満一歳を過ぎたおまえをおくるみでおんぶすると、庭をひょいひょい歩き回って調子外れな歌を歌ったものさ。

そんなふうに女の子みたいな子が、下の兄ちゃんとけんかするなんて思いもしなかった。二十年以上もたつのに今でも互いに気まずくて、長いこと口もきかなくなるなんて。

父ちゃんのお葬式をしてから、三度目の法事の準備をするころだった。いきなり何かが割れる音がして走っていったら、二十七歳、三十二歳のすっかり大人になった二人がハアハア荒い息をしながら胸倉をつかみ合っていたんだ。

あんなに小さい子なんだから手をつかんで引っ張ってきたらよかったんだよ、何日間もあんなとこに居させるなんて、いったいおまえは何やってたんだ！　最後の日はなんでおまえは行かずに母さんだけ行ったんだ！　なに、言うことを聞きそうになかったからだと。そこに居たら死ぬと分かっていたと言いながら、よく分かっていたと言いながら、なんでおまえは！

すると下の兄ちゃんは、ウォー、と言葉だか何だか分からない声で叫んで、兄ちゃんに飛び掛かって床に倒れ込んだんだよ。獣みたいに泣きわめきながら何か言ったけれど、何を言っているんだか途切れ途切れにしか聞こえなかったよ。

兄貴に何が分かって……ソウルに居たくせに……兄貴は何も分かっては……あのときの状況を何一つ知らなかったくせに——。

二人がそんなありさまで上になったり下になったりしているのを止める気にもなれず、母ちゃんは台所に戻ったんだ。何も考えたくなくて、何も聞こえないみたいにお焼きを焼いて、肉と野菜に串を刺して、汁物を沸かしたんだ。

今じゃ何もかも分からなくなった。

最後の日に母ちゃんがおまえを連れ戻しに行ったとき、おまえがあんなにおとなしく、夕方には帰るからね、と言わなかったらどうだったろうか。母ちゃんは安心して家に戻って、父ちゃんにこう言ったんだ。

六時に門を閉めて家に帰るって。みんなで夕ご飯食べようって約束したの。

だのに七時になってもおまえが帰ってこないから、母ちゃんは下の兄ちゃんと二人で家を出たんだ。戒厳令が出ているから七時から先はもともと通行禁止だけど、その日の夕方に軍隊が入ってくるっていうから、表には人っ子一人出てはいなかった。丸四十分歩いていったら、尚武館は明かりが消えていて、誰も居なかったんだ。道庁の前に行ってみたら、銃を持った市民軍が守備に立っていたんだけどね。うちの末息子に会いに来たと訳を言ってみたけど、ひどく幼く見える彼らは青ざめた硬い顔で、駄目だと、誰も中に入れては駄目なんだときっぱり言ったんだ。今すぐにも戒厳軍が戦車で入ってくるんだ、危ないからすぐ家に帰れと言うばかりだったんだ。

どうか中に入れてくださいな、と母ちゃんは頼み込んだ。

うちの末息子を呼び出すだけでもしてくださいな、ちょっとだけ表に出てみるように言ってくださいな。

見兼ねた下の兄ちゃんが直接中に入って弟を見つけると言ったけど、市民軍の一人がこう言ったんだ。

今、中に入ったら外に出られなくなります。この中には死ぬ覚悟ができた者だけが残っているんです。

下の兄ちゃんが、分かった、とにかく中にちょっと入れてくれと声を荒らげそうになったとき、母ちゃんが止めたんだ。

あの子が折を見て自分の足で出てくるだろうから……はっきりと母ちゃんにそう約束したんだから。

辺りはすっかり暗くなっていて、母ちゃんはそう言ったんだ。今すぐにも暗がりの中から軍人が出てきそうな気がしてそう言ったんだよ。こうしていたらほかの息子までなくしてしまいそうで、そう言ったんだ。

こんなふうにしておまえを永遠に失ってしまったんだよ。

母ちゃんの手で下の兄ちゃんの手を引っ張って、自分の足でおまえに背を向けて家に戻ったんだ。誰もかもみんな死んでしまったように真っ暗な街を、二人で四十分歩いて家に戻ったんだよ。

今でも母ちゃんは何も分からないんだ。おびえて顔が青ざめ硬くなっていた市民軍、ほんとに幼く見えたあの子たちも死んでしまったのかねえ。あんなにむなしく死ぬとしたら、なんでまた母ちゃんを最後まで中に入れてくれなかったのかねえ。

*

母ちゃんの所に来ていた兄ちゃんたちが帰ってしまうと、胸の中が空っぽになって、日が暮れるまで土間で日がな一日ぼうっと過ごしているんだ。塀の向こうの南側に採石場があったころは、うるさくても日差しがよく入っていたけど、三階建ての建物ができたせいで、十一時になってやっと日が差すんだよ。

この家を買う前は、あの採石場の後ろ側の路地で長いこと暮らしたんだ。風もろくに通らないちっぽけなスレート葺《ぶ》きの家で、採石場で働く人たちがやって来ない日曜日が、おまえたち兄弟は好きだったね。大きな石の間を走り回って隠れん坊もしたし、鬼ごっこもしたんだ。だるまさんがころんだ、と採石場の端っこで叫んだら、その声が庭まで聞こえてきた。あんなに騒がしかった男の子たちが大きくなるにつれて、あんなに元気なころもあったのかと思うくらい静かになったんだよ。

上の兄ちゃんがソウルに移ったころに暮らし向きが良くなって、この家に引っ越してきたんだ。縁台一つ置いたらいっぱいになる狭い庭が内心うっとうしかったから、薔薇の蔓《つる》が茂る花壇まである家になったのがどんなにうれしかったことか。下の兄ちゃんが勉強できるように、おまえと一つずつ別の部屋をやって、月決めの貸し部屋でもして暮らしの足しにしようと客部屋棟に人様を入れたのさ。後でこんなことになるなんて誰が分かるものかね。豆粒みたいに小さなあの姉弟が入ってきたんだけど、兄ちゃんたちとは年がずっと離れたおまえに友達ができたのを見ていてうれしかったよ。二人が制服を着て、連れだって学校に行くのを見ていて心強かった。休みの日に庭でバドミントンをするときに羽根が採石場に飛んでいったら、どっちが拾いにいくか決めようとじゃんけんして笑っていた声が耳に心地よかったよ。

あの姉弟はどこに消えてしまったんだろうかねえ。

あの子たちの父親がやって来て気が触れたみたいに捜し回っていたころ、母ちゃんも気が動転していてろくに慰めの言葉も掛けてあげられなかったんだよ。その人は仕事を辞めて客部屋棟の部屋で一年間暮らしながら、気がおかしくなったみたいに役場に出入りしていたよ。こっそり埋められた場所が見つかったと聞いたら、どこかの貯水池で遺体が浮いたと聞いたら、明け方だろうと夜中だろうと現場に飛んでいったんだよ。

どこかで生きているはずですよ、きっと生きていて二人一緒に居るはずですよ。へべれけになって台所に入ってきて、頭が変になったみたいにぶつぶつ言っていたのをはっきり覚えているよ。顔がひどく小さくて鼻の低い人だったけどね。あんなことがある前は、息子と同じで、目には茶目っ気がきらきらしていたんだけれどね。

多分あの人は長生きできなかったようだよ。新しい墓域に移葬するときに行方不明者の祠堂《しどう》もつくられて、下の兄ちゃんがわざわざ行って捜してみたけど、あの姉弟の名前はなかったそうだ。あの人が生きていたら、祠堂をつくりに来なかったはずがないもの。

時々だけどね、母ちゃんはどういうつもりで客部屋棟に人様を入れたんだろうか……と思うんだよ。いくらにもならないちっぽけな家賃をもらったところで……チョンデがこの家に入ってこなかったら、おまえがチョンデを捜すんだと言ってあんなに頑張らなかったはずなのに……だけど、おまえと二人でバドミントンをして笑っていた声を思い出したら、罰が当たるよ……罰が当たる、そう言いながら首を振ったんだよ。そうだとも、母ちゃんがあのかわいそうな姉弟を恨んだりしたら、大きな罰が当たるよ。

何日か前なんて、日が暮れるころ急に気持ちがぼうっとなって、あの娘っ子の顔が思い浮かんだ。とてもきれいだった……きれいな娘っ子が居なくなってしまったねえ、そう思いながら暗くなりかけた庭を見ていたんだ。あのきれいな娘っ子がうちの家に入ってきて洗濯物の籠を抱え、水がポタポタ落ちる運動靴と歯ブラシを手にしてあの庭を行ったり来たりしていたことが何だか前世の夢のようだよ。

＊

命とは鋼《はがね》みたいにしぶといもので、おまえを亡くしてからもご飯は食べたよ。チョンデの父ちゃんまで居なくなって、静まり返った客部屋棟には外から錠前を掛けてしまって、頑張って店に出て商売をしたんだ。

名前を登録しただけで、それまで一度も顔を出さなかった遺族会に初めて出席したのは、副会長だというお母さんが電話をくれたからだよ。あの軍人大統領[*2]が来ると言って、あの人殺しがここにやって来ると言って……おまえの血がまだ乾いてもいないのに。

ただでさえ熟睡できず寝返りを打つ毎日だったのに、その日からもっと眠れなくなった。おまえの父ちゃんもよく眠れなかったけれど、長いこと闘病ばっかりしているおとなしい旦那だから、あえて家に残して一人で遺族会に行ったんだ。初めて会うお母さん方にあいさつして、お米屋さんをしている会長宅で夜遅くまで懸垂幕とプラカードを作り、足りない分はそれぞれ家で作り足してくることにしてお開きになった。別れるときに手を握り合うんだけど、その冷たい肌……中に何も詰まっていない案山子みたいな手を握って、案山子みたいな背中をお互いになでながら顔を見つめたよ。顔の中にも何もなくて、目の中にも何もない私たちが明日会おうってあいさつをしたんだ。

怖くはなかったよ。

死んでもいいという気持ちだったから、何も怖いことなんてあるもんか。みんな喪服を着て、あの人殺しが乗った乗用車が来るのを待っていたんだ。本当に朝早くあいつが現れたんだよ。声を合わせてスローガンを叫ぼうとしていた計画はおじゃんになってしまった。みんな泣き叫んで卒倒して、髪はぼさぼさになって喪服は破けた。懸垂幕は広げた途端に奪われてしまった。みんな警察署にしょっぴかれてぼう然と座り込んでいたら、母ちゃんたちとは別の所でデモしようとしていた負傷者の会の青年たちが捕まえられて入ってきたんだよ。憮然とした顔で並んで入ってきて、母ちゃんたちと目が合ったんだけど、青年の一人が急に泣きだしながら叫んだんだ。

お母さん方、なんでまたこんなとこに？　お母さん方が何の罪を犯したっていうんですか？

途端に母ちゃんの頭の中は真っ白になってしまったんだ。真っ白に、世の中全部が真っ白に見えたんだよ。破けた喪服のチマをたくし上げてテーブルに上がったんだ。ぶつぶつと小声でつぶやいたんだよ。

そうだよ、私が何の罪をしでかしたっていうんだ。

羽が生えたみたいに刑事たちの机の上をぴょんぴょん跳び越えていったよ。壁に掛けられた人殺しの写真を引きずり下ろしたのさ。踏みにじったから割れたガラスが足に刺さったよ。涙が流れたんだか血が飛び散ったんだか分からなかったよ。

足から血があふれ出て、刑事たちが母ちゃんを病院に運んだ。父ちゃんが連絡を受けて緊急治療室に来たんだよ。医者と看護師が母ちゃんの足を切開してガラスの破片を抜いて包帯を巻いたけど、母ちゃんは父ちゃんに頼んだんだ。家にちょっと寄ってちょうだい。ゆうべ作っておいて持ってこなかった懸垂幕の一つが箪笥の中にあるんだよって。

その日、日が暮れるころ、父ちゃんの肩につかまってよろよろと屋上に上ったんだ。欄干にもたれて懸垂幕を長く垂らして叫んだんだ。うちの息子を返せ。殺人鬼の全斗煥を八つ裂きにしろ。脳天に血が上るぐらい叫んだんだ。警官たちが非常階段を上ってくるまで、母ちゃんを抱えて入院室のベッドに投げ込むまでそんなふうに叫んだんだよ。

次も、その次も、母ちゃん同士会っては闘い、会っては闘ったんだ。別れるたびに母さん同士互いに手を握り、肩をなで、見つめ合いながらまた会おうって約束したんだ。乏しい家計の中からお金を出し合って、貸し切りバスを仕立ててソウルの集会にも行ったよ。あるときは、残忍なやつらが母ちゃんたちのバスの中に丸い催涙弾を放り込んで、お母さんの一人は倒れて息もできなくなったんだよ。みんなしょっぴかれて戦闘警察部隊の車に乗せられたとき、あいつらはひっそりした国道の道端に一人落とし、しばらく走ってまた一人落とし……そうやって母ちゃんたちをみんな離れ離れにしたんだよ。母ちゃんは地理も分からない道端をひたすら歩いたよ。母ちゃんたちがまた集まって、お互いの背中をなで合うまで。寒さで青ざめたお互いの唇を見つめ合うまで。

そんなふうに最後まで一緒に行動しようと思ったのに、次の年に父ちゃんが病気になって約束を守れなくなってね。冬に亡くなったときは、薄情な父ちゃんだと思ったよ。この地獄に母ちゃん一人残していくなんて。

だけど、死んだ後のあの世を母ちゃんは知らないから。そこでも会ったり別れたりするのだか、顔があって声があるのだか、うれしかったり悲しかったりする心があるのだか知らないから。父ちゃんが亡くなったのがかわいそうなことなのかうらやましいことなのか、どうして母ちゃんに分かるもんかね。

そうやって冬が過ぎて、春が来たわけだけどね。春になるといつものように、母ちゃんはまたちょっと頭が変になって、夏には疲れて病気をこじらせてしまい、秋になってやっと一息ついたんだよ。そのうち冬になって、体の節々が凍り付いたんだ。いくら暑い夏がまたやって来たって汗が出ないくらい、骨の髄まで、心臓まで冷たくなってしまったんだよ。

*

どうしたことか、母ちゃんが三十路《みそじ》のときに末っ子のおまえを産んだんだよ。母ちゃんは生まれつき左の乳首の形が変てこで、おまえの兄ちゃんたちはお乳がよく出る右のおっぱいばかり吸ったんだよ。母ちゃんの左のおっぱいはぱんぱんに張るばかりで赤ちゃんが吸ってくれないものだから、柔らかい右のおっぱいと違ってすっかり硬くなってしまってね。そんなふうに左右が不ぞろいのみっともないおっぱいで何年か暮らしたんだ。でもおまえは違ってた。左のおっぱいを向けたら向けたなりに、変てこな形の乳首をほんとに素直に吸ってくれたんだ。それで両方のおっぱいが同じように柔らかく垂れ下がったんだよ。

どうしたことかお乳を飲むときに、おまえはにこにことよく笑ったものだよ。においの良い黄色いうんちを布おしめにしたよ。動物の赤ん坊みたいに四つん這いであちこち動き回って、何でも口に入れたよ。そうしているうちに熱を出したら顔が青ざめて、ひきつけを起こしては酸っぱいにおいのするお乳を母ちゃんの胸に吐いたものだよ。どうしたことか、おっぱいから離れたとき、おまえは爪が紙みたいに薄くなるまで親指をおしゃぶりしたよ。あんよ、こっちにあんよ、手をたたく母ちゃんの方に一歩、二歩とよちよち歩きをしたものだよ。にこにこしながら七歩あんよして、母ちゃんに抱っこされたんだよ。

八つになったときにおまえが言ったんだ。僕、夏は嫌いだけど、夏の夜は好き。どうってこともないその言葉が耳に心地良くてね、母ちゃんはおまえが詩人になるかも、とひそかに思ったものだよ。夏の夜、庭の縁台で父ちゃんと三人兄弟がそろって西瓜を食べたときに。口元にべとべとくっついた甘い西瓜の汁をおまえが舌の先でぺろぺろなめたときに。

*

おまえの中学校の生徒手帳から写真だけ切り取って財布の中にしまったんだよ。昼も夜もがらんとした家なんだけど、誰も訪ねてくることのない明け方に、何度も折って小さくした書道半紙をそっと広げておまえの顔を見るんだよ。誰も盗み聞きする人はいないけれど、小声でそっと呼ぶんだよ。……ねえトンホ。

秋雨が通り過ぎて空がひときわ澄みきった日には、ジャンパーの内ポケットにその財布を入れて、膝に手を当てながらよろよろ川辺に下りていくんだよ。秋桜《コスモス》が色とりどりに咲いている道を、とぐろを巻いて死んでいるミミズにウシバエがたかっている道をゆるりゆるり歩くんだよ。

おまえが六つか七つになったころに、いっときもじっとしていないころに、兄ちゃんたちがみんな学校に行ってしまうと、おまえは退屈で仕方なさそうだったよ。おまえと母ちゃんは毎日二人で、父ちゃんが居る店まで川沿いの道を歩いていったんだ。木が日差しをさえぎって陰になった所がおまえは嫌いだったね。ちっちゃいくせに力も強く意地も強くて、力いっぱい母ちゃんの手首を明るい方に引っ張ったね。少なくて細い髪の中まで汗できらきらさせながら。具合でも悪いのかと思うくらいハアハア息を切らしながら。母ちゃん、あっちに行こうよ、せっかくだもん、日が当たってるとこに。仕方なく母ちゃんは、ずっとおまえの手に引っ張られて歩いたんだよ。母ちゃーん、あそこの明るいとこにはお花もたくさん咲いてるよ。なんで暗いとこに行くの、あっちに行こうよ、お花が咲いてる方に。

＊1【キバノロ】朝鮮半島や中国に分布する、偶蹄目シカ科の哺乳類。
＊2【軍人大統領】全斗煥（三章末尾の＊3を参照）。

エピローグ

雪に覆われたランプ

その話を聞いたとき私は十歳だった。

誰かが私にきちんと一部始終を話してくれたのではなかった。ソウルに引っ越してきたその年、水踰里《スユリ》の丘の家で、私はどこにでも閉じこもって手当たり次第に本を読んだり、兄や弟と午後の間ずっと五目並べをしたり、母が私にだけさせた仕事でもあり一番嫌いでもあった大蒜《にんにく》の皮むきや煮干しの頭取りをしたり、その間に大人たちがやり取りする話を聞きかじったりした。

兄さんの教え子だったの？

初秋のとある日曜日、食事中に父方の末の叔母が父に聞いた。

担任ではなかったけれど、作文を出させると出来の良い文を書く子だったから覚えているんだよ。光州市の中興洞《チュンフンドン》の家を売って三角洞《サムガクトン》に引っ越すとき不動産屋で契約したんだけれど、僕がT中学校の教師だと言ったら、中興洞の家を買う人がぱっと喜んだんだよ。自分の末の息子が一年生で、何組の誰それだと言って。その組に行って出席を取ってみたら知っている顔だったんだよ。

その後にどんなやりとりがあったのかは思い出せない。ただ彼らの表情、最もむごいことを押し隠して話し続けることの難しさ、ぎこちなく続いた沈黙を覚えている。どんなに遠回しに話しても、いつの間にか背筋が凍る最初の話に戻ってくる会話に、私は奇妙な緊張を覚えながら耳を傾けていた。父が教えていた生徒の家族が中興洞の家を買ったことを、私は前から知っていた。でもなぜ彼らの声は次第に低くなるのだろう？　なぜその生徒の名前を言う直前に、訳の分からないためらいが差し挟まれるのだろう？

*

その韓国式家屋の庭には、丈の低い一株の椿が植えられた花壇があった。暑くなり始めると、ほとんど黒味がかった赤い薔薇の花が、蔓とともに塀の上に伸び上がった。薔薇がしおれるころには、門脇の客部屋棟の外壁伝いに大きな白い花を咲かせる立葵が大人の背丈ほどに伸びた。淡い緑色のペンキを塗った鉄製の門を開けて表に出ると、湖電《ホジョン》*1と呼ばれていた乾電池工場のとても長い塀が見えた。その家を売って都市の外れに引っ越した日の朝、桐の布団箪笥の角を上手に毛布で包んでから紐でしっかりくくった、父と末の叔父の手際の良さを覚えている。

引っ越し先の三角洞はかなり深い田舎だった。裏庭に丈の高い杏《あんず》の木があった家で二年近く過ごしてから、私たち家族はソウルにやって来た。早く亡くなった祖父の代わりに、中学校教師の給料で年下の兄弟まで引き受けて育ててきた父が、末の妹まで大学を卒業させた後に執筆の仕事に専念しようと決心したのだった。

一九八〇年の一月、ソウルは信じられないほど寒い都市だった。水踰里の丘に移るまで一時的に三カ月間、テラスハウスに住んだのだが、壁が合板のような材質のため外との温度差があまりなかった。室内でも息が白くなった。コートを着て綿入れ布団を体に巻き付けても、寒さで歯がガチガチと鳴った。

その冬の間ずっと、私は中興洞の家のことを思った。木の根元を揺すると、黄色い杏の実がピンポン球のようにぽとぽと落ちてくる三角洞も悪くはなかったが、住んだ期間が短かったせいか強い愛着はなかった。母方の祖父が一人娘のために建ててくれたという、生まれてから九歳になるまで暮らした中興洞の昔の家。板の間から台所への通路になっている、台所横の私の小部屋。夏にはその部屋の床に腹這いになり宿題をした。冬の午後には障子戸を少しだけ開けて、なぜか清らかに感じられる日だまりの庭を眺めた。

＊

彼らが水踰里の家にやって来たのは初夏の明け方だった。

三時から四時の間だった。寝入っていた私を母が起こした。起きるのよ。明かりをつけるからね。起き上がる暇もなくすぐに蛍光灯がついた。目をこすりながら起きて座った。がっしりした体格の二人の男が部屋の中に居た。驚いている私に寝間着姿の母が言った。不動産屋のおじさんたちが来たのよ。家を見に。

眠気がきれいに吹き飛んだ。私は母にぴったりくっついて、男たちが箪笥を開け、机の下を調べ、懐中電灯を手に屋根裏に上がるのを見守った。こんなにまだ暗い明け方に、どうして不動産屋のおじさんたちがやって来て屋根裏に上がるのだろう？　ほどなく屋根裏から下りてきた男が母に言った。こっちに来てください。男が母を台所に連れていくのに私はぐずぐずと付いていった。**おまえたちはここに居なさい。**硬い表情の母が口の動きだけでそう言った。振り向くと、兄と幼い弟が下着姿で部屋から出てぼんやりした顔で立っていた。父が誰かとがみがみ言い合う声が母屋から聞こえた。台所にドアの代わりに下げたレースのカーテンの間から母の声が聞こえたが、声が小さくて一言も聞き取れなかった。

＊

その年の秋夕《チュソク》*2に親戚の人が集まったとき、大人たちは声を低くして話を交わした。まるで子どもが監視者であるかのように。私たち兄妹と、さらに幼い従弟妹たちに聞こえないようにひそひそと。

当時、防衛関連企業に勤めていた末の叔父は父と、夜遅くまで母屋でぼそぼそと話を交わした。

明け方に急襲したんだ。初めは強盗が入ったのかと思ったよ。台所のくぐり戸と玄関の戸を同時に壊して入ってきたんだ。ソン先輩が居るものと確信していたようだ。ところが僕は前日の午後にソン先輩と会ったんだよ。出版社を訪ねて全集の印税四十万ウォンを前払いにしてほしいと頼んで、明洞でちょっと会ってそれを渡してやったってわけだ。……僕ら夫婦を分離尋問したんだよ。しまいには任意同行されそうになったけれど、付いて行ったら南山《ナムサン》行き[*3]になるじゃないか。それでソン先輩とは去年から疎遠になっていると、うそを言ったんだ。

電話を盗聴されているようだから気を付けてくださいよ。最近、兄さん宅の電話機から風のような音がしたんですよ。それが盗聴されているときの雑音だそうです。僕の友達のヨンジュンも逃げ回っています。おととし保安部隊に連行されて、両手の爪を十本とも剥がされたじゃないですか。今度捕まったら生きて帰れないでしょう。

台所では下の叔母たちが母と一緒に料理をしながら、ささやくように話を交わした。

乳房を刃物で切ったんですって。

なんてまあ……

おなかから赤ん坊をつかみ出したって話もあるのよ。

なんてこと、そんなことが……

兄さん一家が住んでいた家の家主さんが、客部屋棟を月決めの借家にしたんだけど、家主さん方の息子と同年の子がその部屋に住んでいたそうなの。T中学校だけで三人が死んで二人が行方不明になったんだけど、その家だけで二人の子が……

まあ……と、それまで細い嘆息のように相槌《あいづち》を打っていた母がうなだれて黙り込んだ。しばらくして低い声で話し始めた。

おととしにヒヨンさんとお見合いした人のことよ。ほら、K中学校の数学の先生が居たじゃないの。良い人だったのに私たちとはご縁がなかったのよ。その人の奥さんが、お気の毒だったそうなの。臨月だったそうだけど、家の前でご主人を待っていて。

大田から来た上から二番目の叔母は、まあ……という相槌を打たなかった。牛のように大きな目を、黙ってぱちぱちさせながら次の言葉を待った。母がどうしても言葉を続けることができずにいると、光州の下の叔母が話を継いだ。私もその話、聞いたわ。それがその人だったの?

赤ん坊の母さんは銃弾を受けて既に死んでしまったんだけど、おなかの中で赤ん坊は生きていて、何分間か……

ヒヨン叔母がその数学の先生と結婚していたら、とその瞬間私は思った。あり得ない私の幼い想像の中で、二十六歳の叔母は丸いおなかを抱えて門の前に立っていた。銃弾が叔母の白い額に撃ち込まれた。楊姫銀《ヤンヒウン》*4の歌に合わせて声楽風に歌うのが好きなヒヨン叔母のおなかの中で赤ん坊が、目を開けた赤ん坊が魚のように口を開けながら体をくねらせた。

*

その写真集を父が家に持ち帰ったのは二年後の夏だった。誰かの弔問をしにその都市に行った際に、バスセンターで手に入れたということだった。私の幼い想像とは違って額に銃弾を受けもせず、まだ結婚もしていないヒヨン叔母が束の間、上京してきていた。大人同士で写真集を回し読みした後に重い沈黙が流れた。父はその本を子どもの目に触れないように母屋の本棚の奥に、本の背が見えないように向きを逆にして差し込んだ。

私がこっそりその本を開いたのは、大人たちがいつものように居間に集まって九時のニュースを見ていた夜だった。最後の章までページをめくり、銃剣で深くえぐられてつぶれた女の子の顔と向き合った瞬間を覚えている。私の中の、そこにあると意識したことのなかった柔らかい部分が、音もなく砕けた。

＊

尚武館の床は掘り起こされていた。

床板が取り払われた所に現れた、赤黒い地面に私は下りて立った。見回すと講堂の四方に開けられた大きな窓が見えた。向かい側に見える壁にはまだ太極旗の額が掛けられていた。天井の蛍光灯も撤去されていなかった。半ば凍り付いた地面を踏みながら、私は右側の壁に向かって歩いていった。コーティングされたA4サイズの用紙に、筆記体で印刷された文言を読んだ。

運動する際は靴をお脱ぎください。

玄関の方を振り返ると、二階に上る階段が見えた。長いこと放置されていたせいで、ほこりが積もった階段を踏み締めて上っていった。講堂が一目で見下ろせる観客席に腰掛けた。口を開けて息を吐くと白くなった。コンクリートの冷気がジーンズ越しに上ってきた。白い布で包まれた遺体と太極旗で覆われた柩、号泣したりぼう然と座ったりしている女性と子どもたちが、赤黒い地面の上に揺らめいては消えた。

始めるのがあまりにも遅かったと私は思った。

ここの床が掘り起こされる前に来なくてはいけなかった。工事中の道庁の外壁に、工事幕が設置される前に来るべきだった。全てを見つめていた銀杏の木の相当数が引き抜かれ、樹齢百五十年になる槐《えんじゅ》の木が枯死する前に来なくてはならなかった。

しかし今やって来た。どうしようもない。

ジャンパーのファスナーを一番上まで閉めて、日が沈むまでここに居るつもりだ。少年の顔がはっきり見えるまで。彼の声が聞こえるまで。取り払われた床板の上を歩く彼の後ろ姿がゆらゆらと現れるまで。

＊

二日前に弟のアパートで荷物を解いた。弟の仕事が終わり次第一緒に夕食しようと約束して、日が沈む前に中興洞の昔の家に行ってみた。幼いころ引っ越したので、私はこの都市の地理を知らない。三年生まで通ったH小学校に、とりあえずタクシーで行った。正門を後にして横断歩道を渡り、記憶をまさぐりながら左の方へと歩いた。確か文房具店があったと記憶している場所に、そのままその店があった。文房具店を過ぎて少し歩くと右側の道に入らなくてはならなかった。体に刻み込まれた距離感を信じながら、二つ目の分かれ道を選んだ。ずっと続いていた湖電の工場の塀はもうなかった。その塀と向き合って立ち並んでいた伝統家屋も消えていた。記憶によれば、その道と大きな道路が出合う角に家一棟分の幅の採石場があった。その採石場と塀を挟んでいた伝統家屋が私の昔の家だった。空地同然だった採石場が、現在の都心部にまだ残っているはずはないので、端から二軒目の家を訪ねなくてはなるまい。

平屋建ての家とテラスハウス、ピアノ塾、印鑑屋を過ぎて、ついに道の突き当たりにたどり着いた。採石場があった場所には、殺風景な三階建てのコンクリートの建物が立っていた。昔の家は取り壊されて、そこには組み立て式のコンテナ建築があった。厨房と浴室のリフォームに関連する用品——洗面台、水道の栓、シンク台、洋式の便器——を売る店だった。

私は何を期待していたのだろうか？　かなり明るくともされたその店の前で私は、誰かと待ち合わせをしているかのように長い間うろうろ歩き回った。

＊

その次の日である昨日は、早い時間帯から動いた。全南大の五・一八研究所と尚武地区の五・一八記念財団に行った。七〇年代から中央情報部が常駐し、拷問が行われていた五〇五保安部隊跡は出入り口が閉鎖されており、立ち入ることはできなかった。

午後にはT中学校に行った。少年は卒業できなかったので、卒業アルバムに写真が載っているはずはなかった。その学校を定年退職した、父の長い友人である美術の先生が電話をかけておいてくれたおかげで、学籍簿を閲覧することができた。生徒記録簿用に撮った彼の写真をそこで初めて見た。二重まぶたではない半月形の目が従順そうだった。顎と頬のラインにはまだ幼いころの名残があった。とても平凡で誰とも混同しそうな顔、目を離した瞬間、どんな特徴だったか忘れてしまいそうな顔だった。

教務室を出て運動場を横切って歩いていると、雪が降り始めた。校門の前まで来たころには雪がかなり強くなっていた。まつ毛にくっついた雪片を払いながらタクシーを拾った。行き先を全南大学校と告げた。五・一八研究所一階の展示室で、少年に似た顔を見た気がしたからだ。

展示室には数台のプラズマテレビが設置されており、それぞれ異なる動画が繰り返し上映されていた。どの映像だったのか正確には思い出せなかったので、全部最初からあらためて見なくてはならなかった。新駅で発見された青年たちの遺体を載せたリヤカーが行進した部分で、その少年に似た中学生が見えた。少し離れて立っていたその少年は、わっと泣きだしそうに驚いた顔で遺体を見つめていた。晩春なのに寒そうに固く腕組みをしていた。あっという間に過ぎる場面だったので、私はそこに立って映像が最初から繰り返されるのを待った。二度、三度、四度と繰り返し見た。その少年もやはりとても平凡で、誰とも混同されそうな顔立ちだった。私は確信できなかった。そのころ、髪を短く刈って制服を着た少年は皆同じように見えたのかもしれない。あんなに素直な一重まぶたの目は。背が伸びる時期のほっそりした頬と長めの首は。

*

求め得る限りの資料を読むということが最初の原則だった。十二月の初めから他の何も読まず、文章を書かず、なるべく約束もせずに資料を読んだ。そのようにして二カ月が過ぎ、一月が終わるころにはこれ以上続けることはできないと感じた。

夢のせいだった。

一群の軍人を避けて私は走って逃げた。息が上がり走るのが遅くなった。彼らの一人が私の背中を押し倒した。体をよじって見上げた瞬間、軍人が銃剣で私の胸を、正確にみぞおちの真ん中を刺した。未明の二時だった。はっと起きて座り、手をみぞおちに当てた。五分近く、ろくに息ができなかった。がくがくと顎が震えた。泣いていたことも知らずにいたのだが、顔をこすると手のひらがぐっしょり濡れた。

何日か後に誰かが私を訪ねてきて言った。一九八〇年から今までの三十三年間、五・一八光州事件の連行者数十人が地下の密室に閉じ込められていると言った。これから秘密裏に、明日の午後三時に全員処刑されることになっていると言った。夢の中での時刻は夜八時だった。明日の午後三時まで、せいぜい十九時間しか残っていなかった。どうやってそれを阻もうか。教えてくれた人はどこかに行ってしまい、私は携帯電話を持ってどうしたらいいか分からず道の中央に立っていた。どこに電話をかけるべきだろうか。誰に伝えたらそれを阻むことができるだろうか。このことをなぜよりによって私に、何の力もない私に教えたのだろうか。早くタクシーを拾わなくてはならなかった。でも、どこに行ってと告げるべきだろうか。どこに行ってどうやって……口の中がからからに渇こうとしていた瞬間に目を覚ました。夢だったんだわ。握りしめていたこぶしを開きながら、暗がりの中で繰り返しつぶやいた。夢だったんだわ、夢だったんだわ。

＊

誰かから小さなラジオを贈られた。時間を逆回しにする機能があるとのことだった。デジタルの計器盤に年月日を入力すればいいとのことだった。そう聞いて私は〈1980・5・18〉と入力した。そのことを書くためには、そこに居なくてはならないから。それが最善の方法だから。ところが次の瞬間、私は人けのない光化門《クァンファムン》の四つ角に一人で立っていた。**そうよ、時間だけ移動するのだから。ここはソウルなのだから。**五月だったら春でなくてはならないのに、街は十一月のある一日のように寒くて荒涼としていた。怖いほど静かだった。

＊

そうしたある日、結婚式に出るために久しぶりに外出した。二〇一三年一月のソウルの街は、数日前の夢の中のように荒涼として、冷え冷えとしていた。結婚式場のシャンデリアはきらびやかだった。人々は着飾り、泰然としていてなじみがないように見えた。信じられなかった、あんなにたくさんの人が亡くなったというのに。評論を書くある先輩は、どうして小説を送ってくれないのかと笑いながら抗議した。信じられなかった。あんなにたくさんの人が亡くなったというのに。式が終わってお昼を食べに行こうと言う人たちに、ろくろく言い訳もできないまま私はそこを抜け出した。

＊

いつ雪が降ったのかと思うほど晴れ渡った天気だ。尚武館の壁面のガラス窓から午後の日差しが斜めに差し込んでいる。

床がとても冷たくて私は立ち上がる。階段を下り、出入り口を開けて講堂の外に出る。視野を妨げる巨大な工事幕を、その隙間からのぞき見える白い外壁の角を眺める。私は待っている。やって来る人は誰もいないけれど待つ。私がここに居るということを誰も知らないけれど待つ。初めて一人で望月洞《マンウォルドン》*5を訪れた二十歳の冬を覚えている。墓地の丘を歩きながら、私は彼を探していた。それまで姓は知らなかった。大人たちの会話から盗み聞きした名前だけを覚えていた。末の叔父と名前が似ていてすぐ覚えた、満十五歳のトンホ。

墓地から市内に通じるバスの最終便に乗り損ね、刻々と暗くなる道路に沿って、風を背に受けて歩いたことを思い出す。しばらく歩くうちに、それまで右手を左の胸に置いていたことに気付いた。心臓の辺りに裂け目ができたかのように。そうしなければ無事に運ぶことのできない何かになったかのように。

*

特別に残忍な軍人がいた。

最初に資料に接しながら最も理解に苦しんだのは、容疑者として連行するという目的もないままに、何度も殺傷行為を重ねたことだった。罪の意識も躊躇もない白昼の暴力。そのように残忍性を発揮するよう激励し、命令したであろう指揮官たち。
一九七九年の秋、釜馬抗争を鎮圧する際に青瓦台《チョンワデ》*6の警護室長、車智澈《チャジチョル》*7は朴正熙《パクチョンヒ》*8にこう言ったと伝えられている。

カンボジア*9では二百万人以上も殺しました。我々にそれができない理由はありません。

一九八〇年五月、光州でデモが拡大した当時、軍は街で非武装の市民に向けて火炎放射器を放った。人道的な理由で、国際法上禁止されていた鉛弾を兵士たちに支給した。朴正熙の養子と呼ばれるほど格別の信任を受けていた全斗煥は、万が一道庁を陥落させられない場合には、戦闘機を送り込んで都市を爆撃する手順を検討していた。集団発砲直前の五月二十一日午前、軍用ヘリコプターでやって来て、あの都市の地を踏む彼の映像を見た。若い将軍の泰然とした顔。ヘリを背にして大またで歩き、迎えに出てきた将校とがっしり握手を交わす。

＊

その経験は放射能被曝と似ています、と語る拷問を受けた生存者のインタビューを読んだ。骨と筋肉に沈着した放射性物質が数十年間、体内にとどまって染色体を変形させる。細胞をがんにして生命を攻撃する。被曝した人が死んでも、遺体が焼かれて骨だけが残っても、その物質が消え去りはしない。

二〇〇九年一月の明け方、龍山《ヨンサン》で望楼が燃える[*10]映像を見ているうちに、思わずふっとつぶやいたことを覚えている。**あれは光州じゃないの。**つまり光州とは孤立したもの、力で踏みにじられたもの、毀損されたもの、毀損されてはならなかったものの別名なのだった。被曝はまだ終わっていなかった。光州が数限りなく生まれては殺害された。かさぶたになり爆発しながら、血だらけになって再建された。

*

そしてその少女の顔がある。

十二歳の私が写真集の最後のページで見たその女の子は、頬と首が銃剣で引き裂かれ、片方の目を開いたまま、やや斜交《はすか》いの方向を見つめるようにして死んでいた。バスセンターの待合室に、駅の前に、こうしたむごたらしい遺体が横たわっていたとき、軍人が通行人を殴打し、突き刺し、半裸にしてトラックで運んでいったとき、家に居た若者たちまで捜索して連行したとき、都市の外郭が封鎖されて電話が不通だったとき、丸腰で抗議する群衆に向けて実弾が発射されたとき、二十分余りで百余人の遺体が道路に散乱したとき、皆殺しにされるだろうといううわさが火のように広がっていったとき、予備軍の訓練場から旧式の銃器を取り出してきたごく普通の男性たちが地域の小学校に、河川の橋に三々五々集まって来て歩哨に立ったとき、引き潮のように抜け出していった公権力の代わりに道庁で市民自治が始まったとき、

そのとき私は水踰里の家からバスで学校に通った。家に帰ると門の内側に落ちている夕刊のT日報を拾い上げ、狭くて長い庭に沿って歩きながら一面トップの記事を読んだ。光州無政府状態五日目。写真の中の黒く焼けた建物。額に白い鉢巻をした男性たちでぎっしりのトラック。家の中の雰囲気は慌ただしく、沈痛だった。駄目だわ、今日も電話がつながらないわ。大仁市場通りの実家に、母は根気よく電話をかけ続けた。

ヒヨン叔母が無事だったように私は無事だった。一家親戚のうち、誰一人けがしたり死んだり連行されたりしなかった。ただその年の秋に私は思った。油紙を張ったオンドル部屋の冷たい床に腹這いになって宿題をしていた部屋、その台所横の部屋をあの中学生は使わなかっただろうか。私が過ごしてきた蒸し暑い夏を、本当に彼は過ごせなかったのだろうか。

＊

工事中の道庁の前にある地下道をくぐり、ネオンサインと音楽で騒がしい夜の街に逆らって私は歩く。二日前に訪ねていった大きな進学塾にたどり着く。一階に案内のデスクがある。塾の広報冊子と講義の時間割、人気講座のカラーちらしなどがデスクの前に陳列されている。

三十分以上は時間を割くことができません、と彼は昨日の電話で言った。

五時半に私の講義室にいらしてください。ご了承ください。夕飯を早く済ませて来て既に勉強をしている子が居る場合は、三十分も話せないかもしれません。

中興洞にあった昔の家の場所をうろうろしていて、結局私はリフォーム用品の店に入った。淡い紫色のキルティング地のジャンパーを着た五十代の女性が、新聞を閉じて振り向いた。

どんなご用件ですやろ？

幼いころこの都市を去ってからは親族だけがこの地方の方言を使ってきたので、この都市にやって来た直後から私は、見知らぬ人々がまるで親戚のように振る舞うような、妙な窮屈さと悲しさを覚えていた。

ここに昔は伝統家屋があったのですけれど……いつこの建物ができたのでしょうか？

私が窮屈さと悲しさを感じているのと同じくらい、女性は私のソウル弁に距離を感じているようだった。丁寧なソウル言葉で彼女は聞き返した。

ここに住んでいた方を訪ねていらっしゃったのですか？

ほかに返事のしようがなくて、私はそうだと言った。

その家はおととしに取り壊されました。

淡々と彼女は話し続けた。一人暮らしのおばあさんがいたが亡くなったとかで、何しろ古い家なので家賃も取れず、息子さんが家を取り壊して仮設の建物を建てた、それで自分たちが入りはしたもののあまりにも場所が良くなくて、二年の契約が過ぎたらここを出るつもりだと。

その息子さんにお会いになりましたかと私が聞くと、彼女は答えた。

契約したときに会いましたよ。大きな塾の講師だそうです。それでも収入を補うためにこのような仮設の建物を建てたのでしょうね。

店を出て、大通りに沿ってしばらく歩いてからタクシーを拾った。彼女が教えてくれたこの塾まで来て、広報冊子に載った写真の中から少年の兄を探した。難しくはなかった。カン氏の姓を持つ講師は二人だけで、そのうちの一人は二十代だった。写真の科学担当の講師は、度の強そうな眼鏡を掛けていた。前髪がちらちら白くなっていて、白いシャツに柿色のネクタイを締め、正面を見つめていた。

*

済みません。授業を早めに切り上げるつもりでしたが、かえって遅くなりましたね。

お掛けください。飲み物、いかがですか。

その家がトンホを教えていた先生のお宅だったことは知っていました。私どもの消息をご存じだとは知りませんでしたよ。

実は悩みました。私の方は言うこともないのに会って何になるんだと。一方で、母が生きていたらどうしただろうか、とも思いまして。

もちろん、母が生きていたらためらうことなく会ったでしょう。ひっきりなしにトンホの話をしたでしょうね。三十年間、そんなふうにして暮らしました。でも私はそんなふうにはできません。

許可ですか？　もちろん許可します。その代わりしっかり書いていただかなくてはなりません。きちんと書かなくてはいけません。誰も私の弟をこれ以上冒瀆《ぼうとく》できないように書いてください。

＊

弟が寝具を敷いてくれた玄関横の小さな部屋で、しきりに寝返りを打ちながら夜を明かす。ふっと寝入るたびにその塾の前の夜の街に私は戻っている。十五歳のトンホが過ごせなかった年齢の、すらりとした背丈の高校生たちが私の肩をかすめていく。誰も私の弟をこれ以上冒瀆できないように書いていただかなくてはなりません。心臓を押さえるように胸の左側に右手を置いて私は歩く。真っ暗な道路の真ん中で、顔々がほの暗く光る。殺された人々の顔。私の胸に大きな刀を刺し込んだ殺人者のうつろな顔。

＊

足指相撲をしたらいつも僕が勝ったんですよ。

あの子はひどくくすぐったがり屋だったんですよ。

僕の足の親指があの子の足に当たっただけで、あの子は体をよじらせたんですよ。

つねられて痛いのだか、くすぐったくてそうなのだか分からないくらいにしかめ面をして、

耳と額まで赤くして笑い出したんですよ。

＊

特別に残忍な軍人がいたように、特別に消極的な軍人がいた。

血を流している人を背負って病院の前に下ろし、急いで走り去った空輪部隊員がいた。集団発砲の命令が下されたとき、人に弾を当てないように銃身を上げて撃った兵士たちがいた。道庁前の遺体の前で隊列を整えて軍歌を合唱するとき、最後まで口をつぐんでいて、外信記者のカメラにその姿を捉えられた兵士がいた。

どこか似たような態度が、道庁に残った市民軍にもあった。大半の人たちは銃を受け取っただけで撃つことはできなかった。敗北すると分かっていながらなぜ残ったのかという質問に、生き残った証言者たちは皆同じように答えた。**分かりません。ただそうしなくてはいけないような気がしたんです。**

彼らを犠牲者だと思っていたのは私の誤解だった。彼らは犠牲者になることを望まなかったためにそこに残った。あの都市の十日間を考えると、死ぬほどのリンチに遭った人が、力を振り絞って目を開ける瞬間が思い浮かぶ。口の中にあふれた血と歯のかけらを吐き出しながら、開かないまぶたを押し上げながら、相手と向き合った瞬間。自分の顔と声を、前世のもののような尊厳を思い出した瞬間。その瞬間を踏みつぶしながら虐殺が来る、拷問が来る、強制鎮圧が来る。追い込む、踏みつける、掃き捨てる。しかし今、目を開けている限り、凝視している限り最後まで私たちは……

*

これからはあなたが私を明るい方へ、光が差す方へ、花が咲いている方へ引っ張っていくように願っています。あなたが私を導いていくように願っています。

首が長くて薄着の少年が、お墓の間の雪に覆われた道を歩いている。少年が先に立って進むままに私は付いて歩く。都心と違って、ここではまだ雪が解けていなかった。凍り付いていた雪の塊が、空色のトレーニングパンツの裾を濡らして少年の足首に染みる。彼は冷たがりながら、ふと振り向く。私に向かって目で笑う。

＊

いや、私はお墓の辺りで誰とも会いはしなかった。寝入った弟にメモを書いて食卓に置き、夜明けにアパートを出てきただけだ。この都市で集めた資料で重たくなったリュックを背負ってバスに乗り、ここにやって来ただけだ。花を買うことはできなかった。お酒も果物も準備できなかった。茶器を温める小さなろうそくが入った箱を弟のシンク台の引き出しで見つけ、ライターと一緒に三つ持ってきただけだ。

望月洞の旧墓地から今の国立新墓域に移葬してから、母がおかしくなったと彼の兄は言った。

お墓の移転にふさわしい日を選んで、遺族たちが一斉に改葬を行ったのですが、柩を開けてみると、むごかった当時の姿そのままなんですよ。遺骨にビニールがぐるぐる巻かれていて、血に染まった太極旗で覆われていて……トンホはそれでも最初に家族が収拾したので遺骨はきれいでした。僕たちは木綿の布を一メートルくらい買っていき、誰にも任せたくなくて骨の一節一節を自分で磨いたんですよ。頭の部分を受け持ったら、母のショックが大きいだろうと思って、僕がすぐ持ち上げて歯の一つ一つまで心を込めて磨いてやりました。そうしましたけれど、母にはやはり耐え難かったようです。そのとき僕が無理にでも母を家に居させたらよかったのですが。

雪に覆われたお墓の中から、ついに彼のものを見つけた。ずっと以前に訪ねた望月洞の彼のお墓には写真がなく名前と生没年だけだったが、今は生徒記録簿にあったものを拡大した白黒写真が墓碑に添えられていた。彼の両隣のお墓はどちらも高校生のものだった。おそらく中学校の卒業写真なのだろう、黒い冬服姿の幼い顔々を私はのぞき込んだ。ゆうべ彼の兄はずっと話し続けた。弟は運が良かった、銃で撃たれてすぐ息絶えたのだからいかに幸いだったか、そうは思いませんかと、妙に熱を帯びた目で私に同意を求めた。弟と並んで道庁で銃撃され、弟と並んで埋葬された高校生の一人は、撃たれた直後にはまだ息があって、念押しの射殺に遭ったようだ、移葬をする際に見てみると額の中央に穴が開いて頭蓋骨の後ろ側はがらんとしていたと彼は言った。髪が白くなったその生徒の父親が、口を覆って声もなく泣いていたと言った。

私はかばんを開けた。持ってきたろうそくを少年たちのお墓の前に順に置いた。片膝を立ててしゃがみ、火をつけた。祈りはしなかった。目を閉じて黙祷しもしなかった。ろうそくはゆっくり燃えた。音もなく揺らめきながら橙色の炎の中に吸い込まれ、次第に短くなっていった。片方の足首が冷たくなったことに私はふと気付いた。彼のお墓の前に積もった雪だまりの中に、ずっと足が埋もれていたのだ。濡れた靴下の中の肌に、雪はゆっくり染み込んできた。半透明の翼のように揺らめく炎の先を、私は黙ってのぞき込んでいた。

＊1【湖電】当時、光州市東区湖南洞（ホナムドン）にあった〈湖南電気〉（後の〈ロケット電気〉の前身）という乾電池製造会社の略称。

＊2【秋夕】陰暦の八月十五日。仲秋節とも言う。親族が集まり新米の餅や秋の果物を供えて祖先を祭り、墓参や墓の草取りなどをする。

＊3【南山】南山はソウル都心部の南側にある小高い丘。光州事件当時、南山の麓に軍事政権の中央情報部（ＫＣＩＡ）があり、そこで民主運動家を含め政治犯などに対する拷問も行われた。〈南山行き〉は、拷問を受けることになるという意味。

＊4【楊姫銀】韓国の著名な女性歌手。

＊5【望月洞】光州広域市の望月洞には光州事件の犠牲者の旧墓地があったが、後に新墓域として「国立五・一八民主墓地」が整備され、移葬が行われた。

＊6【青瓦台】ソウルにある大統領官邸。

＊7【車智澈】一九七九年十月二十六日に起きた朴正熙大統領暗殺事件で、朴大統領と共に金載圭ＫＣＩＡ部長に射殺された。

＊8【朴正熙】五章末尾の＊5を参照。

＊9【カンボジア】一九七五年以降のポル・ポト政権期に、おびただしい人々が虐殺などにより亡くなったことを指す。

＊10【龍山で望楼が燃える】二〇〇九年一月二十日、ソウル龍山区の再開発地域にあった四階建て商業ビルから出火、強制退去に反対しビルに立てこもっていた入居者ら五人と鎮圧に当たった警官一人の計六人が死亡した事件。警察の特攻隊投入による過剰鎮圧ではないかとの議論が起きた。

この本を書く上で助けになった資料のうち『光州五月民衆抗争史料全集』（韓国現代史史料研究所、出版＝プルピッ、一九九〇年）と『光州、女性』（光州全南女性団体連合、出版＝フマニタス、二〇一二年）、「我々は正義派だ」（監督＝イ・ヘラン）、「五月愛」（監督＝キム・テイル）、「5・18自殺者――心理解剖報告書」（演出＝アン・ジュシク）に格別感謝している。そして、内密な記憶を分かち合ってくださり、長い間励ましてくださった方々に心底より感謝を申し上げる。

訳者あとがき

新緑がまぶしい五月、光州《クァンジュ》は悲しみの追憶に包まれる。一九八〇年五月十八日、韓国全羅南道《チョルラナムド》の道庁所在地だったこの都市を中心として起き、戒厳軍が二十七日に武力鎮圧するまでにあまたの活動家や学生、市民らが死傷した民主化抗争――この出来事は、軍事独裁政権下にあった当時の韓国社会がその後民主化していく上で決定的な起爆点となった。

ハン・ガンさんが『少年が来る』の登場人物に語らせているように、光州事件で亡くなった人々はその〈数千倍の死、数千倍の血〉の身代わりになったのだとあらためて思う。この小説に登場する主人公のモデルとなった少年たちを含む無辜《むこ》の人々のおびただしい死が、今日の韓国の民主的な社会の尊い礎になったのだと。

しかし、光州事件後も韓国では軍事政権が続き、事件について語る際に人々は声を極力潜めなくてはならなかった。一九八七年六月に盧泰愚《ノテウ》大統領候補（当時、民主正義党代表委員）が民主化宣言を行った後にようやく、徐々にこの事件について語ることができるようになったのだった。

この小説は、悲劇的な出来事を声高に告発するものではない。この事件で命を落とした人々への鎮魂の物語である。光州で生まれて満九歳まで過ごし、事件発生の数カ月前にたまたまソウルに移り住んだ作家は〈生き残った者の一人〉として、複雑に屈折した胸の内をかきむしるようにしながらこの作品を書き上げたのだった。

作家は透徹した視線で、この事件の背後にある人間存在の引き裂かれた二面性——神性と獣性、崇高さと残酷さ——を凝視している。人間が併せ持つ不条理への不信を克服しないままでは前に進めないという切実な思いが、この小説の行間からひしひしと伝わってくる。『少年が来る』と、イギリスのマン・ブッカー賞国際賞を受賞した『菜食主義者』は、性格が異なる物語でありながらも、〈人間の根源的な暴力性〉に対する苦悶を主題にしている点で、地下水脈のようにつながっている。

エピローグに記しているように作家は、悪夢にうなされるほどこの事件の調査と現場取材に精魂を傾けながら、三十数年の時空を超えて亡くなった少年たちの魂を現代に招き寄せてくれた。作家のひたむきな思い、祈りに応えるように、私たちの所までやって来てくれた少年たちの魂は思いの丈を吐露してくれた。日本語版の出版によって、一人でも多くの日本の読者が彼らの純粋な魂の気配に包まれるひとときになれば、と願っている。

九州地域の新聞社に勤務していた私は、二〇一四年秋に韓国の全羅南道長興《チャンフン》を中心に開かれた李清俊文学祭に出席する機会があり、その際に作家の父親で著名な作家である韓勝源さんとお会いしインタビューする機会があった。翌夏に退社した後、この小説の翻訳を担当することができ、ご縁を思った。

この本の翻訳・出版は韓国文学翻訳院の支援を受けて行われた。熱心かつ誠実に指導してくださった翻訳院の李善行さん、訳文の全体を丁寧に点検してくださった鄭現心さん、原作への熱い思いから出版を引き受けてくださったクオンの金承福社長、原作の世界を深く理解し、きめ細かな編集作業をしてくださった中川美津帆さんに心より感謝している。

井手俊作

06 設計者
キム・オンス著／オ・スンヨン訳

07 どきどき僕の人生
キム・エラン著／きむふな訳

08 美しさが僕をさげすむ
ウン・ヒギョン著／呉永雅訳

09 耳を葬る
ホ・ヒョンマン著／吉川凪訳

10 世界の果て、彼女
キム・ヨンス著／呉永雅訳

11 野良猫姫
ファン・インスク著／生田美保訳

12 亡き王女のためのパヴァーヌ
パク・ミンギュ著／吉原育子訳

13 アンダー、サンダー、テンダー
チョン・セラン著／吉川凪訳

14 ワンダーボーイ
キム・ヨンス著／きむふな訳

ハン・ガン〔韓江〕

1970年、韓国・光州生まれ。延世大学国文学科を卒業後、
1993年に季刊『文学と社会』に詩を発表、
翌年ソウル新聞の新春文芸に短編小説「赤い碇」が当選し文壇デビューした。
長編小説に『黒い鹿』『あなたの冷たい手』『菜食主義者』『風が吹いている、行け』
『ギリシャ語の時間』、短編集に『麗水の愛』『私の女の実』など、
詩集に『引き出しに夕暮れをしまいこんだ』、
散文集に『そっと静かに歌う歌』などがある。
これまでに韓国小説文学賞、今日の若い芸術家賞、
李箱文学賞、東里文学賞などを受賞し、
2016年『菜食主義者』はイギリスの文学賞、マン・ブッカー賞国際賞に選ばれた。

井手俊作〔いでしゅんさく〕

1948年、福岡県生まれ。
1974年、早稲田大学政治経済学部卒。
新聞社勤務を経て2009年に韓国文学作品の翻訳を始める。
訳書に崔仁浩の小説集『他人の部屋』と小説『夢遊桃源図』。

少年が来る

新しい韓国の文学 15

2016 年 10 月 31 日　初版第 1 刷発行

2025 年 1 月 31 日　第 2 版第 6 刷発行

〔著者〕ハン・ガン（韓 江）

〔訳者〕井手俊作

〔編集〕中川美津帆

〔ブックデザイン〕文平銀座＋鈴木千佳子

〔カバーイラストレーション〕鈴木千佳子

〔ＤＴＰ〕廣田稔明　アロン デザイン

〔印刷〕大盛印刷株式会社

〔発行人〕

永田金司　金承福

〔発行所〕

株式会社クオン

〒 101-0051

東京都千代田区神田神保町 1-7-3 三光堂ビル 3 階

電話　03-5244-5426

FAX　03-5244-5428

URL　https://www.cuon.jp/

ISBN 978-4-904855-40-9　C0097

万一、落丁乱丁のある場合はお取替えいたします。

小社までご連絡ください。